Leben ist endlos

Silke Renken

Sonnentanz, die bedeutendste Siedlung der alten Maya. Diese Ruinenstätte wurde von Forschern entdeckt. Bisher ist es gelungen eine guterhaltene Stadtmauer, 18 m hoch und 30 m in der Basis, freizulegen. Die Deutung der Zeichen der Bilderhandschrift und der Inschriften auf vorgefundenen Steinmonumenten, trotz zusammengestellten Alphabets, nur in sehr begrenztem Ausmaße gelungen. Lediglich einige Hieroglyphen, die auf den Lauf der Monate hinweisen könnten, wurden bisher entziffert….

© 2023 Silke Renken
Herstellung und Verlag: BoD – Books on Demand, Norderstedt
ISBN: 9783757808976

Lieber Leser, liebe Leserin ...

Ich freue mich, dass Du dich für mein Buch entschieden hast. Es ist schön, dass Du dir Zeit nimmst um deinem Alltag für ein paar Stunden zu entfliehen. Während der letzten Jahre geriet unser gewohntes Leben immer wieder durch neue, weltweit prägende Ereignisse aus den Fugen. Ich weiß nicht, wie es bei Dir gewesen ist, das vermag ich nicht zu beurteilen und möchte ich mir auch nicht anmaßen.

Viele Menschen zeigten plötzlich ihre wahren Gesichter und von einigen warst Du sicher auch so enttäuscht wie es mir ergangen ist. Aber andere haben mich sehr positiv überrascht. Es hat während unserer Zeit hier auf unserem schönen Planeten schon immer wieder schwere aber besondere Zeiten gegeben.

So möchte ich Dich einladen, mich auf der Reise des Adrian von Liechtenstein zu begleiten. Adrian reist, ohne sich dessen bewusst zu sein, durch verschiedene Zeiten. Das spannende Thema Reinkarnation spielt hier eine Rolle, vielleicht hast Du dich schon damit beschäftigt...

Eine viel größere Rolle spielen jedoch die Themen Hoffnung und Zuversicht. Hoffnung auf eine bessere Zeit, Hoffnung auf eine bessere Welt in der Menschen wieder zu Menschen werden. Zuversicht, Zuversicht darauf, dass wir auch diesen Wandel überstehen so wie auch Adrian seine Zeiten und Leben durchwandert.

Was ich Dir eigentlich sagen möchte, ist „nimm Dir deine schweren Zeiten nicht so zu Herzen und vertraue darauf, dass Du die Kraft in Dir hast, alles zu überstehen. Bessere Zeiten warten auf uns alle."

In Licht und Liebe, deine Silke

Inhalt   Seite

Auf einem Kreuzfahrtschiff im Jahre 2019

Irgendwo mitten im Karibischen Meer, ein großes Schiff mit Tausenden Passagieren an Bord, die sich erholen wollen, Urlaub und Entspannung suchen. Die Menschen wünschen sich Unterhaltung, Sonne, Partys, gutes Essen und eben alles, was man von einer Karibik-Kreuzfahrt so erwartet. Der ein oder andere sucht die große Liebe, der andere hat sie schon gefunden, der nächste sucht einen Urlaubsflirt oder auch nur ein kleines Abenteuer. Wir wissen es nicht. Aber in dieser Nacht ist alles anders in der Karibik, nichts ist mehr schön, ein schwerer Sturm tobt unerwartet über das Meer, die Wellen werden höher und höher, wilder und wilder. Die Passagiere haben sich alle in ihre Kabinen zurück gezogen, etwas unheimlich ist ihnen zumute. Sehr viele fühlen sich nicht gut, ihnen ist schlecht, manchmal müssen sie durch den hohen Wellengang spucken und fühlen sich hundeelend. Andere betäuben sich und ihre Ängste, ihre Beklemmungen mit Alkohol in den Bars und Discos auf dem modernen Schiff. Für Ablenkung ist immer gesorgt, es ist leicht, seine Gedanken mit Musik und Alkohol zu unterdrücken. In einer Bar treffen wir auf Adrian von Liechtenstein. Er ist ein gutaussehender Mann mit seinem blonden Haar, seinen markanten Gesichtszügen und seinen tiefblauen Augen. Er schaut ins Leere, wirkt abwesend. Adrian ist der Sohn einer alteingesessenen Familie, diese Familie kann auf eine sehr lange Ahnenreihe zurückblicken. Das tröstet ihn in dieser Situation aber nicht, sein Vater hatte seinerzeit eine gute Position, eine gutgehende Firma aber wie viele andere, hatte er sich verspekuliert und vor einigen Jahren sein komplettes Vermögen verloren. Es ist immer wieder tragisch, wie die Gier nach noch mehr, die Menschen ins Unglück stürzt, denkt Adrian wieder bei sich. „Warum wollen wir Menschen immer mehr, immer mehr?" All diese trüben Gedanken beschäftigen ihn, während er weiter trübsinnig ins Leere starrt und sich noch einen Drink bestellt. Darauf folgt der nächste Drink. „Gott, ist das Leben trostlos", denkt er sich und beschäftigt sich mit seinem Drink. Nachdenklich schaut er in sein Glas, während ihn die liebevolle Erinnerung an seine Mutter überkommt. Seine Mutter, eine unglaublich liebevolle Frau mit Stil, sehr klug und belesen, hatte ihm schon als kleinen Jungen immer wieder Geschichten von großen Völkern erzählt. Die Römer, die Griechen, die Araber, die Mayas, die Inkas, die Indianer, die Steinzeitmenschen, nichts war ihr fremd gewesen. Als er lesen konnte, hatten sie immer wieder in Büchern über die großen Völker gelesen, er war immer neugieriger geworden. Seine Mutter konnte auch sehr gut von diesen Völkern erzählen, er hatte jedes Mal das Gefühl bekommen, dass sie mit all diesen Völkern gelebt hatte, so vertraut war sie mit ihnen. Wenn sie erzählte, wurden die vielen verschiedenen Völker zu Menschen, sie blieben nicht einfach nur ein Volk, nein, sie wurden zu individuellen Persönlichkeiten, von denen er das Gefühl bekommen hatte, sie zu kennen. „Ach, Mutter", dachte Adrian still bei sich, während er wieder trübsinnig in sein Glas blickte, dass sich geleert hatte. „Wie schön wäre es, wenn du jetzt hier mit mir sitzen könntest und wir weiter auf unsere eigene Weise zu den Völkern reisen könnten. Warum musstest du so früh gehen?" Sie war nach dem Verlust des Ehemanns, der nicht damit leben konnte, dass er sein ganzes Vermögen durch einen einzigen Fehler verloren hatte und in einer stillen, einsamen Nacht sein Leben selbst beendet hatte, still geworden. Sie hatte sich immer mehr in sich zurück gezogen, ihre Bücher, die sie so sehr geliebt hatte, verstaubten in der Bibliothek, sie las keine Zeitungen mehr. Nichts konnte ihr Interesse mehr wecken. Auch Adrian, ihr einziger Sohn, den sie so liebte, konnte sie nicht aus dieser selbstgewählten Einsamkeit retten. Nur eine Leidenschaft hatte sie weiter gepflegt, Atlantis. Zeit ihres Lebens war sie von dieser magischen Stadt, von diesem magischen Volk fasziniert gewesen. Alles, was es darüber zu lesen gab, hatte sie verschlungen. Ja, sie konnte sich genau vorstellen, wie die Atlantiden gelebt hatten. So viele Details kannte sie, so viele Namen. Adrian dachte manchmal, dass seine Mutter eine von ihnen gewesen sein musste. Sie erzählte oft davon, wie unglaublich edle Menschen die Atlantiden gewesen waren. Sie hätten über einen besonders hohen Bildungsstand und eine stark ausgeprägte Liebe zum Frieden verfügt. Grundsätzlich hätten die Atlantiden allen Lebewesen einen hohen Respekt entgegen gebracht. Adrian war immer sehr fasziniert gewesen, wenn seine Mutter von den beeindruckenden Tempeln und den faszinierenden Bauten, den vielen Priestern, den imposanten Bibliotheken erzählt hatte. Diese Faszination hatte er mit seiner Mutter geteilt. Oft hatte er sich gefragt, warum sie alles so genau und detailliert erzählen konnte. Für ihn hatte es sich oft so angefühlt, als ob sie selbst dabei gewesen wäre. Plötzlich fühlt Adrian eine unglaubliche Sehnsucht, einen Stich in seinem Herzen. Was würde er dafür geben, wenn er doch noch einmal mit seiner Mutter sprechen könnte. Zu gerne würde er mit ihr in dieses unglaublich faszinierende Land reisen. Es wäre eine besondere Reise gewesen für die sie die Bibliothek nicht hätten verlassen müssen. Nur durch ihre Erzählungen, ihrer Begeisterung, ihrer Faszination hatten sie sich immer wieder in dieses wunderbare Land, zu diesem beeindruckenden, edlem Volk begeben können. Es war ihm nicht vergönnt, seine Mutter war durch den großen Verlust krank geworden. Sehr krank, der Krebs hatte sich ihres Körpers bemächtigt. Schnell hatte sie die Hoffnung auf eine Heilung verloren. Sie hatte gewusst, dass sie am Ende ihrer letzten Reise wieder an der Seite ihres geliebten Mannes sein würde. So war sie am Ende nach einer kurzen Leidenszeit heimgegangen. Sanft hatte sie ihre Augen für immer geschlossen. Es war schnell gegangen, zu schnell für Adrian. Sein Wunsch war es gewesen, mit seiner Mutter noch sehr viele wunderbare Reisen zu den fernen Völkern, zu diesen magischen Orten machen zu können. Eines Tages, als er sie, wie jeden Tag, im Krankenhaus besucht hatte, war sie von der Krankheit, die von ihrem Körper Besitz ergriffen hatte, sehr schwach geworden. Sie hatte gewusst, dass es ihr letzter Tag sein würde. Adrian hatte es auch gewusst. Mit einem besonderen Leuchten in den Augen hatte sie ihn angeblickt, sie wusste, sie würde sich auf ihre allerletzte Reise in eine andere wunderbare Welt begeben. „Mutter, sag bitte nicht so was. Du wirst nicht sterben, das weiß ich genau. Es ist viel zu früh. Lass mich nicht allein." So hatte er an ihrem Bett gesessen und sie angefleht, noch nicht auf diese letzte, besondere Reise zu gehen. Sein Verstand wusste, es war so weit, ihre Erlösung würde kommen. Aber sein Herz wollte sie noch nicht gehen lassen. Es war einfach zu früh. „Adrian, du bist mein Sohn. Kehre dahin zurück, wo ich einst geboren bin. Bitte. Ich erkläre dir jetzt etwas. Bitte hör genau zu." Ihr Blick und ihre Sprache waren sehr klar und ernst, aber sehr liebevoll gewesen. Fast so, als hätte die böse Krankheit ihren Körper verlassen. „Mutter, was...". Mehr hatte er nicht heraus gebracht, die unterdrückten Tränen hatten ihn schlucken lassen. „Adrian, bitte...du weißt, ich weiß sehr viel über alle großen Völker. Wir haben so oft darüber gesprochen, gelesen und sind auf unsere besonderen Reisen gegangen. Du musst wissen, ich bin vor 65 Jahren hier geboren. Aber mein Leben war eine Lüge, ich bin nicht hier geboren." „Was...was meinst Du? Ich verstehe das nicht." Adrian konnte keine Worte finden, er konnte nichts sagen. War es der Schatten des Todes, der sich über den sonst so klaren Verstand seiner Mutter gelegt hatte? „Adrian, bitte, versuch zu verstehen, was ich dir jetzt sage. Es ist schwer, aber eigentlich ganz einfach. Mein Körper wurde damals hier, hier in dieses Leben, hinein geboren. Das ist richtig. Aber meine Seele, meine Seele wurde schon vor vielen Tausenden Jahren geboren, sie ist schon uralt. Nicht hier, nicht hier auf der Erde. Meine Seele wurde schon in Atlantis geboren. Ich weiß es genau, ich bin eine Atlantidin. Jeden Tag sagt mir meine Seele, dass wir unser wunderschönes Land, dass wir so geliebt haben, durch eine Katastrophe, eine unfassbar große Überschwemmung verloren haben. Meine Seele möchte, dass ich Atlantis, mein Land, mein Leben, wieder finde. Ich muss es wieder entdecken. Viele Forscher haben versucht, unser großes, edles Land oder zumindest Spuren davon, zu entdecken. Keinem ist es gelungen. Meine Zeit ist gekommen, meine Seele wird zurückgehen. Ich weiß es, ich werde gleich heimkehren in mein geliebtes Atlantis. Du bekommst eine große Aufgabe, bitte … finde es. Finde es für die Menschen der heutigen Zeit, es ist so wichtig. Die Atlantiden der damaligen Zeit sind untergegangen aber in unserer Zeit gibt es sie noch. Sie leben in den Körpern der Menschen der heutigen Zeit weiter. Du musst unser wunderbares Land, unsere Heimat, den Geburtsort aller guten, edlen Seelen wieder entdecken. Gib bei der Suche nicht auf. Du wirst es schaffen. Bitte versprich mir das …" Sie hatte ihre letzten Kräfte verbraucht, ein letzter flacher Atemzug und ihre liebe Seele hatte ihren Körper verlassen um sich an einen anderen Ort zu begeben.

Zutiefst traurig aber auch sehr dankbar hatte Adrian sich zurück gelehnt, sie dann noch ein letztes Mal voller Liebe angesehen und sich dann unter Tränen von ihr verabschiedet. Dankbar war er gewesen, weil er wusste, ihre Seele würde zurückkehren, zurück in ihre Heimat, ins geliebte Atlantis. Es hatte Atlantis gegeben, Atlantis war nicht nur ein Mythos, wie oft behauptet wurde. Sie hatten existiert, diese großen edlen Atlantiden. Seine Mutter war zutiefst davon überzeugt gewesen. Ihre letzten Worte hatten alle Zweifel ausgeräumt. Ja, sie würde zu den Ihrigen in die Heimat zurückkehren. Ihr Leben in dieser Zeit war nur eine kleine Reise, eine Episode ihrer Seele gewesen. Jetzt hatte sie ihre Aufgabe auf der Erde erfüllt und sie durfte wieder zurückkehren. Seltsam beruhigt war er nach Haus gefahren. Nachdem alle Formalitäten erledigt waren, hatte er die Beisetzung seiner Mutter klein aber sehr liebevoll ausgerichtet. Es waren nur noch sehr wenige Gäste erschienen, sie hatten ja auch nach dem Tod des Vaters sehr zurückgezogen gelebt. Es hatte nicht lange gedauert, die kleine Wohnung aufzulösen. Die hübschen, liebevoll ausgesuchten Möbel hatte er an liebe Menschen verschenkt. Mit jedem Möbelstück, das die Wohnung verlassen hatte, war sein Herz schwerer geworden. Vom größten Schatz seiner Mutter, all die schönen Bücher, die die Bibliothek gefüllt hatten, war es ihm unsagbar schwer gefallen, sich zu trennen. So viele schöne Stunden hatten sie in gemeinsam in der Bibliothek verbracht. In seiner kleinen Junggesellen-Wohnung gab es wenig Platz und eine so große Sammlung an Büchern wäre nicht unterzubringen gewesen. Wohin mit einem Schatz, der für einen Menschen die Welt bedeutete, der von Antiquaren nur als alte Schinken bezeichnet wurde? Endlich hatte sich die Stadtbibliothek angeboten, die Bücher anzunehmen. Die Bibliothekarin, eine würdige alte Dame, hatte das Geschenk dann zu schätzen gewusst. Nur einen kleinen Teil des großen Schatzes hatte er mit in seine Wohnung nehmen können, dieser kleine Teil war jetzt für ihn sein persönlicher großer Schatz geworden. Ein Schatz, ein Tor zu anderen Welten und jetzt auch eine liebevolle Erinnerung an seine Mutter.

Die Worte, die sie ihm in den letzten Augenblicken vor ihrer Reise gesagt hatte, beschäftigten ihn sehr. Wieder und wieder konnte er ihre Worte hören. Die Bücher waren für ihn nun eine Verbindung zur Heimat seiner Mutter. Wenn er in ihnen las oder blätterte fühlte er sich ihr sehr nah. Aber…war es wirklich möglich? Hatte es dieses sagenumwobene Atlantis wirklich gegeben? Oder hatte seine Mutter vielleicht unter dem Einfluss der vielen Medikamente einfach nur phantasiert? Nein, das konnte es nicht gewesen sein, sie war völlig klar gewesen, als sie diese letzten Worte gesprochen hatte. Adrian war nicht traurig, er war eher dankbar gewesen, seine Um sie plötzliche Leere in seinem Leben auszufüllen, hatte er dann diese Reise, diese Kreuzfahrt gebucht. Es war ihm nicht bewusst gewesen, dass er seinen Platz suchte, nein, eigentlich hatte er sich nur ablenken wollen. Ablenken von trüben Gedanken, eine Pause vom Alltag, vom täglichen Einerlei, eine Flucht vor der Einsamkeit, die ihn mit dem Tod der Mutter umgeben hatte. Und was gab es da Besseres als eine Kreuzfahrt auf einem großen Schiff mit vielen Menschen, die ebenfalls Ablenkung vom trüben, tristen Alltag suchten.

So sinniert Adrian weiter in seinen nächsten Drink hinein. Die Nacht ist schon weit fortgeschritten, der Sturm tobt noch immer, das Meer ist sehr unruhig. Die meisten der Passagiere haben sich nun endgültig in ihre Kabinen zurückgezogen. Nur einige wenige sitzen noch in der Bar und halten sich an ihren Drinks oder an ihren modischen Cocktails fest. Sein Blick fällt auf eine Zeitung, gelangweilt greift er nach ihr, möchte einfach kurz lesen, welche Neuigkeiten es in der Welt so gibt. Direkt auf der Titelseite lächelt ihn der neue Präsident der Vereinigten Staaten an. „Wenn das mal gut geht, was ist nur aus unserer Welt geworden?" Zweifelnd blättert er weiter. Er möchte sich nicht weiter mit der Titelseite beschäftigen.

Sonnentanz, die bedeutendste Siedlung der alten Maya. Diese Ruinenstätte wurde von Forschern entdeckt. Bisher ist es gelungen, eine guterhaltene Stadtmauer, 18 m hoch und 30 m in der Basis, freizulegen. Die Deutung der Zeichen der Bilderhandschrift und der Inschriften auf vorgefundenen Steinmonumenten, trotz zusammengestellten Alphabets, nur in sehr begrenztem Ausmaße gelungen. Lediglich einige Hieroglyphen, die auf den Lauf der Monate hinweisen könnten, wurden bisher entziffert....*

Seine Neugier ist geweckt, sofort denkt er wieder an seine Mutter. Wie hatte sie liebevoll von den Mayas erzählen können. Der Rest des Artikels ist nicht mehr lesbar, jemand hat auf der Zeitung herum gemalt und gekritzelt, so wie man es manchmal macht, wenn man gelangweilt ist. Aber seine Gedanken sind aktiviert, Adrian denkt nach, vielleicht ist das eine Spur, ein Hinweis? Vielleicht sollte er im Internet nach dem Zeitungsartikel recherchieren? Während er noch überlegt, ob er bei diesem Sturm überhaupt eine Verbindung ins Internet bekommen wird, betritt eine kleine Gruppe junger Leute die Bar. Sie versuchen, der düsteren Stimmung, dir sich durch den Sturm über das Schiff gelegt hat, zu trotzen und bestellen sich bunte Cocktails. Ein junges Mädchen, sehr hübsch, mit dunkelbraun gelocktem Haar und tiefbraunen Augen fällt ihm auf. Sie bestellt laut noch einen der bunten Cocktails, ja, sie hat gute Laune. So, wie es aussieht, ist sie die Anführerin der Gruppe. Selbstbewusst scheint sie, völlig locker und zwanglos im Umgang mit den jungen Männern der Gruppe. Still beobachtet Julian die Gruppe, besonders das hübsche Mädchen fällt ihm immer wieder auf. Sie redet laut. Er hört ihr zu ohne den Blick zu heben, die oberflächlichen Bargespräche sind nicht zu überhören. Allmählich ist Julian davon genervt. „Diese jungen Leute, verwöhnt und verzogen. Leben vom Geld der Eltern, wie können sie überhaupt so eine Kreuzfahrt bezahlen? Wenn dieses braunhaarige Mädchen doch endlich aufhören würde, die Gruppe zu unterhalten. Merkt sie denn nicht, dass hier auch Gäste sind, die einfach ihre Ruhe haben wollen?" Sein Glas ist leer, er ordert noch einen Drink, der Kellner sieht ihn nachdenklich an. In der Hoffnung auf ein gutes Trinkgeld setzt er ihm den nächsten Drink vor. „Was soll`s? Hier, an meinem Tresen saßen schon viele merkwürdige Typen, hoffentlich gibt er ein ordentliches Trinkgeld, bevor er geht und seinen Rausch ausschläft". Adrian sieht zufällig, als er nach seinem Drink greift, wie sich sein Gesicht am hinteren Teil der Bar spiegelt. Er erschrickt. „Bin ich das? Bin ich das wirklich? Alt sehe ich aus. Falten haben sich in mein Gesicht gegraben. Was ist nur aus mir geworden?" Er ist gerade mal dreißig Jahre alt, in seinem Gesicht haben sich interessante Züge ihren Weg gebahnt. Das macht sein Gesicht besonders markant aber er sieht es nicht. Er denkt, er ist alt. Wieder sieht er zu der Gruppe hin und überlegt, wie es wäre, wenn er so unbeschwert sein könne, wie die jungen Leute. In seinem ganzen Leben war er nie so locker und unbeschwert gewesen. Was war falsch gelaufen? Vielleicht hatte es doch daran gelegen, dass er sich immer wieder den Phantasien seiner Mutter hingegeben hatte. Den Phantasien über die großen, alten Völker. Vielleicht hätte er sich mehr mit dem realen Leben beschäftigen sollen? Er hatte keine Freunde, nach der Arbeit bei einer großen Versicherung ging er immer direkt in seine kleine Wohnung zurück. Die Arbeit langweilte ihn, jeden Tag bearbeitete er wieder und wieder neue Versicherungsfälle. Dieses tägliche Einerlei langweilte ihn. Aber es half nichts, jeder musste schließlich seinen Lebensunterhalt verdienen. Andere Menschen interessierten ihn nicht. Er war irgendwie anders. Zuhause angekommen machte er sich meist eine kleine lieblos zubereitete Mahlzeit, dann vertiefte er sich in die wenigen Bücher, die er hatte mit in seine Wohnung nehmen können. Die Bücher über das Wunderland Atlantis. Dieser Schatz war ihm geblieben.

Das junge Mädchen nervte ihn langsam wirklich. „Sie ist laut, sie ist dumm. Wahrscheinlich denkt sie nur darüber nach, welcher Modetrend gerade in ist". So denkt er über sie, sie erscheint ihm sehr oberflächlich. Gerade, als er wieder in seinem Drink versinken will, schaut sie ihn an. Dieser Blick! Der Blick trifft ihn. Schnell wendet er sich wieder seinem Drink zu. Wie alt mag sie wohl sein, überlegt er. Vielleicht etwas über zwanzig, er kann es nicht einschätzen. „Egal", denkt er. „Sie soll mich einfach in Ruhe lassen". Wieder trifft ihn dieser magische Blick. Ein Blick, der ihn sehr berührt, ihn mitten ins Herz trifft. Was war das? Egal, sie soll ihn bitte einfach nur in Ruhe lassen. Er ist nicht auf der Suche nach einem Abenteuer oder einem Flirt, er will einfach nur seine Ruhe. Seine Ruhe und noch einen Drink. Schon steht sie vor ihm. Sie fragt ihn, wie er heißt. Sein Herz schlägt ihm bis zum Hals, er kann es förmlich hören. „Adrian, Adrian von Liechtenstein." Mehr bringt er nicht heraus und eigentlich will er auch gar nicht mehr sagen. Er möchte nicht mit ihr sprechen, sie scheint ihm viel zu jung, verzogen und verwöhnt. Nein, er will nur seine Ruhe und sie erscheint ihm sehr oberflächlich. „Kommen Sie morgen auch mit auf den Landausflug?" Sie gibt nicht auf, er muss sich jetzt schnell überlegen, wie er aus dieser Situation heraus kommt. „Nein, ich habe keine Lust auf diese Touristen-Ausflüge." Mehr sagt er nicht, er hofft, sie durch seine deutlich zur Schau gestellte schlechte Stimmung endlich loszuwerden. Sie wirft zufällig einen Blick auf die Zeitung, die er immer noch neben ihm auf dem Tresen liegt „Aha, Sonnentanz? Interessieren Sie sich etwa für so alte Steine und Ruinen?" „Mich interessieren große Völker, alte Kulturen. Und … ich weiß nicht, was Sie das überhaupt angeht", gibt er mürrisch zur Antwort. Er möchte, dass sie geht. Er will nicht mit ihr sprechen. Sie nervt ihn. „Ich finde die Geschichte der Mayas sehr spannend", sie versucht, das Gespräch wieder aufzunehmen. Ein magischer Blick aus ihren dunklen Augen trifft ihn direkt in sein Herz. Er merkt, wie er sich langsam in ihren Augen verliert und seine Abwehrhaltung schwindet. Irgendetwas ist an ihr, was kann das nur sein? „Egal, ich erzähle ihr jetzt etwas über die Mayas und die Inkas. Dann wird sie sich sicher schnell langweilen und sich zurückziehen". Adrian beginnt zu erzählen, er erzählt sehr viel, er weiß schließlich sehr viel. Sie hört ihm aufmerksam zu, ist beeindruckt. Beide verlieren sich in den großen Kulturen. Sie hat vergessen, dass sie mit ihrer Clique in die Bar gekommen ist, hört ihm gebannt zu. „Hey, Isabella! Komm schon, was machst Du da? Komm, wir wollen weiter! Hier ist es zu langweilig, nichts los. Wir schlafen hier gleich ein. Komm, Isabella!" „Oh, ja klar", Isabella springt von ihrem Hocker auf und verschwindet mit ihren Freunden. Bevor sie ging, hatte sie sich noch flüchtig von ihm verabschiedet. Nichts Besonderes, nein, eher so, wie man sich von einem guten Bekannten verabschiedet. Das war`s. „Naja, war ja doch ganz nett, die Kleine. Isabella heißt sie, aha".Adrian bestellt noch einen Drink bei dem Kellner, der ihm plötzlich gar nicht mehr so mürrisch erscheint. Irgendetwas ist mit ihm geschehen, er weiß jedoch nicht was. Er denkt an die Begegnung mit Isabella, was war das? Mit ihm war etwas geschehen, das er sich nicht erklären konnte. Ihr Blick hatte auf eine seltsame Weise sein Herz berührt. Egal, noch einen Drink und dann wird er seine Kabine aufsuchen und in den vom Alkohol herbei geführten tiefen Schlaf sinken. Endlich, nach mehreren Drinks, die ihm am Ende gar nicht mehr schmecken, steht er auf. Er zahlt und schwankt aus der Bar. Der Barkeeper sieht enttäuscht hinter ihm her, nichts war es mit dem Trinkgeld. Nicht einmal ein paar Cent hatte der Typ, der so viele Drinks in sich hinein gekippt hatte, für ihn übrig gehabt. Nichts. „Naja, so sind sie halt, diese Typen. Arrogant und egoistisch. Denken nur an sich, der Barkeeper ist schnell vergessen, unsichtbar geworden." Im selben Moment war es Adrian eingefallen, Mist, er hatte doch dem Barkeeper, der ihm nach der Unterhaltung mit Isabella, Isabella, der Isabella mit den magischen Augen, plötzlich irgendwann sogar sympathisch und so gar nicht mehr mürrisch erschienen war, er hatte ihm doch noch ein großzügiges Trinkgeld geben wollen. „Mist, ich sollte einfach weniger trinken. Wie ärgerlich, er war doch so nett und freundlich zu mir, der Barkeeper. Ab morgen werde ich wirklich keinen Alkohol mehr trinken. Das geht nicht, das ist einfach nicht gut für mich." Schnell geht Adrian noch einmal zurück zur Bar, eigentlich versucht er, wieder zurück zu gehen. Er schwankt, langsam verliert er die Kontrolle über seinen Körper. „Mist, wirklich, es muss vorbei sein für mich mit dem Alkohol. Einfach zu viel, kein Alkohol mehr". Er merkt nicht mehr, dass das große Schiff, auf dem er gerade versucht, die Kontrolle über seinen Körper zurückzugewinnen, dass das große Schiff arg vom Sturm geschüttelt wird. Dieses riesengroße Schiff kämpft mit dem Sturm und den turmhohen Wellen, alles gerät ins Wanken. Alles, auch Adrian, alles wird kräftig durchgeschüttelt. Adrian kämpft weiter, er muss die Kontrolle über sich und seinen Körper wieder erlangen. „Oh, Gott, liebe Mutter! Was musst Du über mich denken? Was wirst Du denken, was aus deinem geliebten Sohn geworden ist? Ein Trinker! Einer, der seinen Körper und seine Gefühle mit Alkohol betäubt! Oh mein Gott, Mutter, entschuldige bitte, nie wieder wirst Du mich so sehen müssen!" In seine vom Alkohol getrübten Augen treten Tränen, er kann sie nicht zurück halten. Seinen Körper und seine Gefühle, nichts hat er mehr unter Kontrolle. Er schwankt über den Gang im Bauch des großen Schiffes. Zurück zur Bar will er, er möchte dem Keeper doch unbedingt das Trinkgeld geben. Wie konnte er das vergessen? Er muss zurück, das gebietet ihm die Höflichkeit und seine gute Erziehung. Mittlerweile taumelt er nur noch, ein mächtiger Ruck geht durch das Schiff. Adrian schafft es nicht mehr, irgendwo Halt zu finden. Er wird zu Boden gerissen, während er fällt sieht er das Gesicht des netten Barkeepers und ... die tiefbraunen Augen von Isabella. Ihr Blick trifft ihn ins Herz. Er hört, wie sie ihn ruft. Dann wird es still um ihn herum. Eine große wunderbare Stille umgibt ihn. Er ist weit weg, nicht mehr in dieser, unserer Welt.

Irgendwo auf unserer Welt, in einer unbekannten Zeit

Ein junger Mann, Anfang 30, sitzt in einem Café. Er ist völlig in seine Unterlagen vertieft. Lange, sehr lange, hat er gebraucht, um all diese Informationen, Daten und Fotos, Zeichnungen, alte Zeitungsartikel und die Berichte und Erzählungen von alten Menschen zusammen zu tragen. Ihm fällt ein Artikel aus einer Zeitung, die am Nachbartisch liegt, auf. Schnell fragt er seinen Nebenmann, ob er kurz in die Zeitung schauen darf. „Kein Problem", gibt sein Tischnachbar zur Antwort. „Ich bin damit fertig, mich interessiert sowieso nur der Sportteil. Mit Politik habe ich nichts am Hut. Und Meldungen über die großen Katastrophen in dieser Welt möchte ich auch nicht lesen. Bitteschön, Sie können Sie haben."

Sonnentanz, die bedeutendste Siedlung der alten Maya. Diese Ruinenstätte wurde von Forschern entdeckt. Bisher ist es gelungen eine guterhaltene Stadtmauer, 18 m hoch und 30 m in der Basis, freizulegen. Die Deutung der Zeichen der Bilderhandschrift und der Inschriften auf vorgefundenen Steinmonumenten, trotz zusammengestellten Alphabets, nur in sehr begrenztem Ausmaße gelungen. Lediglich einige Hieroglyphen, die auf den Lauf der Monate hinweisen könnten, wurden bisher entziffert….

Seltsam! Was in diesem Artikel geschrieben wird, erscheint ihm irgendwie vertraut. Als hätte er den Artikel schon irgendwann gelesen. Ein merkwürdiges Gefühl ergreift ihn. Warum hatte der Journalist nur nicht mehr über diese geheimnisvolle Siedlung der Maya geschrieben? Schade, auf jeden Fall passt dieser Artikel sehr gut in seine Sammlung. Die großen Völker und Kulturen haben ihn schon immer fasziniert. Er ist ein Abenteurer, hat schon viele Orte besucht und bereist, aber die Lösung des größten Rätsels ist auch ihm bis jetzt vorbehalten geblieben. Er hält Ausschau nach Helfern, die ihn bei seinem nächsten Abenteuer begleiten können. Noch hat er keine Idee, wohin, zu welchem faszinierenden Ort er reisen möchte. Wo nur kann er die Antwort auf die großen Fragen des Lebens finden? „Noch einen Kaffee, bitte!" Schnell eilt der Kellner heran und bringt dem einsilbigen Gast das Gewünschte. „Hoffentlich bleibt er nicht so lange. Er ist merkwürdig, er schaut nur in seine komischen alten Bücher und Zeitungen. Seltsame Menschen gibt es", denkt der Kellner bei sich. „Vielleicht auch wieder so ein Träumer, einer, der denkt, er könne eine große Entdeckung machen und schnell berühmt werden. Warum lassen diese Leute unsere Geschichte, unsere Kultur, unsere Vorfahren und unsere Ahnen nicht einfach ruhen? Warum kommen sie nur immer wieder hierher?" „Hey, Mann", aus einer Laune heraus spricht er den seltsamen Mann auf seine Unterlagen an. „Was wird das hier? Was suchen Sie?" Dann fällt sein Blick auf den Zeitungsartikel und schon wird ihm klar, er hat zum wiederholten Male so einen Träumer vor sich, einen, der mit großen Hoffnungen, mit großen Ideen, ins Land kommt und es manchmal nicht mehr lebend verlassen wird. Aber, „egal", denkt er. „Hey, Mann! Sonnentanz! Sind Sie auf der Suche nach Sonnentanz?" „Nein, eigentlich nicht. Ich habe nur zufällig den kleinen Artikel dort in der Zeitung gelesen. „Glauben Sie an Zufälle?" „Natürlich ist es ein Zufall, der Mann neben mir war mit der Zeitung fertig und hat sie mir überlassen. Wo ist das Problem?" „Sonnentanz", der Kellner sieht wehmütig in die Ferne. „Gerne würde ich einmal die heiligen Stätten unserer Vorfahren besuchen." Sein Gegenüber sieht ihn erstaunt an. „Hey, Mann. Mein Name ist Adrian, Adrian von Liechtenstein. Erzählen Sie doch mal ein wenig über sich. Ihre Vorfahren waren Mayas?" Er ist nun neugierig geworden. Vielleicht hat der Kellner ja doch etwas Spannendes zu erzählen? „Ich heiße Juan. Meine

Familie lebt schon seit Generationen an diesem wunderbaren Ort. Unser Stammbaum reicht sehr weit zurück, wir sind zwar einfache Leute, aber wir pflegen das Andenken unserer Großeltern, unserer Urgroßeltern, einfach aller unserer Vorfahren. Ein Forscher, der hier vor längerer Zeit mal eine Rast eingelegt hat, hat herausgefunden, dass unsere Ahnen bis hin zur glanzvollen Maya-Zeit nachzuverfolgen sind. Ist das nicht großartig? Schade, heute weiß kein Mensch mehr das große Wissen und die große, edle Kultur der Mayas zu schätzen. Dabei haben sie unglaublich viele interessante Entdeckungen gemacht. Unsere Vorfahren haben den Lauf der Sterne, der Planeten verfolgt und daraus einen Kalender entwickelt. Wussten Sie das? Ach, ich könnte Ihnen noch so viel erzählen…" So begeistert hat er sehr lange vom Volk und der Kultur der Mayas erzählt, oft hat er dabei sehnsüchtig und ein wenig der Welt entrückt, in die Ferne geblickt. Faszinierend wie seine Augen dabei leuchteten. „Kommen Sie, lassen Sie uns gemeinsam Sonnentanz neu entdecken. Wir werden eine gute Zeit haben. Kommen Sie, Juan. Es kann kein Zufall sein, dass die Zeitung plötzlich vor mir auftaucht. Danach tauchen Sie auf, das alles kann kein Zufall sein. Kommen Sie! Wir reisen gemeinsam nach Sonnentanz. Vielleicht finden wir dort Antwort auf alle unsere Fragen. Kommen Sie, Juan." Der junge Mann senkt nachdenklich seinen Kopf. „Ich kann mein Café nicht einfach schließen. Tut mir leid, das geht nicht. Meine Familie lebt von den wenigen Einnahmen. Hey, Mann, das kann ich nicht machen." Er wird sehr traurig, er weiß, dass er sich nicht auf dieses Abenteuer einlassen kann, weil er seine Familie ernähren muss. Wovon sollen sie alle leben, wenn er das Café, das gerade mal genug Geld einbringt, um seine kleine Familie zu ernähren, wenn er das Café für längere Zeit schließt? Ganz zu schweigen davon, dass er nicht das Geld hat, um auf eine Reise zu gehen. Das ist für ihn völlig unmöglich. Nein, diese Reise ist für ihn völlig unmöglich. Ein Traum, der warten muss. Ein Traum, der vielleicht immer ein Traum bleiben wird. „Juan, hören Sie. Begleiten Sie mich, das wird ein großes Abenteuer für uns zwei." Adrian von Liechtenstein kann sich in seiner Begeisterung kaum mehr zurück halten. „Juan, wo ist das Problem? Ist es das Café? Ist es die Familie? Ich sehe es doch deutlich in Ihren Augen, Sonnentanz ist Ihr Traum, Ihr Leben! Wir Menschen sind doch auf die Welt gekommen, um große Abenteuer zu erleben, große Entdeckungen zu machen und unsere Träume zu verwirklichen. Wir müssen Antworten finden, Antworten auf die großen Fragen des Lebens. Kommen Sie, begleiten Sie mich!" „Adrian, ich kann nicht. Ich kann nicht mit Ihnen gehen. Sonnentanz ist mein Traum, ist meine Heimat. Es ist alles für mich. Aber ich muss an meine Familie denken. Nein, tut mir leid. Ich kann nicht mit Ihnen gehen." Traurig sieht er Adrian an und geht zu seinem Tresen zurück. Er beginnt, das Geschirr zu spülen. Nein, sein Café und seine kleine Familie sind das Wichtigste in seinem Leben. Er kann nicht weg gehen. Weg, auf eine Reise, die ein Abenteuer ist. Eine Reise, die aber auch seine Sehnsucht weckt. Die Sehnsucht nach seinen Vorfahren. Nein, es ist zu früh. Vielleicht später einmal, wenn er genug Geld gespart hat und es sich erlauben kann, das Café für einige Wochen zu schließen. Und … da ist auch noch die Sorge, die Sorge um seine Familie. Was ist, wenn ihm auf der Reise etwas zustößt. Viele Geheimnisse umranken das sagenhafte Reich Sonnentanz. Er weiß, dass viele Menschen, die es gesucht haben, nie wieder zurückgekehrt sind. Verunglückt in den Bergen, verdurstet oder verhungert. Keiner konnte es genau sagen, aber aus den Erzählungen seiner Eltern und Großeltern weiß er, dass so viele Menschen voller Hoffnung ausgezogen sind und nie wieder gesehen wurden. Nein, das kann er nicht tun.

Während Adrian von Liechtenstein seinen Kaffee zahlt, sieht Juan ihm traurig in die Augen. „Hey, Juan. Denken Sie drüber nach. Während wir auf der Reise sind, wird für Ihre Familie gesorgt sein. Ich habe genügend Vermögen und werde meinen Verwalter anweisen, für die Ihrigen zu sorgen. Bitte, denken Sie nochmal drüber nach. Es ist doch auch Ihr großer Wunsch, ich lese es doch in ihren Augen. Machen Sie sich bitte keine Sorgen, für alles wird gesorgt sein. Und natürlich werde ich sie auch großzügig entlohnen. Sie sollen mich nicht umsonst begleiten. Es soll nicht ihr Schaden oder der ihrer Familie sein. Nach unserer Rückkehr sind Sie ein gemachter Mann. Ich werde für alles sorgen. Auch für den Fall, dass wir nicht zurückkehren sollten, werde ich meinen Advokaten anweisen, auf Lebenszeit für ihre Familie zu sorgen. Kommen Sie, denken Sie nicht lange darüber nach. Sagen Sie einfach ja." Nach einer langen Nacht hat Juan beschlossen, sich mit Julian von Liechtenstein auf die große Reise zu begeben. Wenn er diese Chance nicht wahr nimmt, wird er wahrscheinlich nie wieder so eine Chance bekommen. Also, er wird mit dem doch etwas seltsamen Deutschen gehen. Ja, so wird es sein. Nach seiner Rückkehr ist er ein gemachter Mann. Und ... was soll schon passieren. Keiner kennt die verschlungenen Wege durch die Berge, Täler und Höhen so gut wie er. In ein paar Tagen wird die Reise

beginnen. Sie müssen noch die ganze Ausrüstung, Proviant und alles andere, was man für so eine lange, beschwerliche Reise benötigt, besorgen. Es ist leicht für ihn, er hat überall unter den Einheimischen Kontakte, gute Freunde. Viele halten ihn für verrückt, als er von dem Abenteuer erzählt. Angesteckt von einem verträumten Deutschen. Keiner jedoch kann ihn mehr aufhalten, er wird den deutschen Träumer begleiten. Er wird zurückkehren, da ist er sich sicher. Keiner kann ihn umstimmen. Treu und zuverlässig wird er dem Mann zur

Seite stehen. Egal, was auch immer kommen mag. Ein Mann, ein Wort.

Einige Tage sind sie nun schon durch eine unwirtliche Landschaft gezogen. Die Kraft der Sonne hat sämtliche Pflanzen bereits vertrocknen lassen, so hell und heiß strahlt sie jeden Tag vom Himmel. Sie haben Packtiere dabei, eine Kamera und einige Gasleuchten. Die Packtiere transportieren den Proviant und die Ausrüstung. Autos oder Geländewagen existieren in der Zeit, in der wir uns befinden, noch nicht. Kameras waren schon entwickelt, sie waren groß, unhandlich und teuer, so dass sie eigentlich nur von Forschern und Entdeckern genutzt wurden. Die Landschaft scheint auf den ersten Blick felsig, steinig und öde. Oft führt der Weg über Abhänge, dann folgen wieder unendlich lange steinige Pfade. Adrian und Juan jedoch, die nun schon so viel Zeit auf diesen Wegen verbracht haben, sehen ihre Umgebung mit anderen Augen. Sie erkennen die unendliche Schönheit der Natur, die diesen widrigen Bedingungen trotzt. Sie sehen Pflanzen, die diese raue Landschaft zieren, sie treffen auf Tiere, die sie noch nie gesehen haben. In der Nacht sehen sie den klaren Sternenhimmel. Juan denkt an seine Vorfahren, die, die diesen Sternenhimmel schon vor vielen Jahrhunderten gesehen haben. Sie haben ihn studiert, den Lauf der Planeten aufgezeichnet. Ja, sie waren schon ein großes, sehr kluges Volk. Er fragt sich, wohin sich ihre Spuren verloren haben. Warum gibt es nur noch so wenige von ihnen und was ist das Besondere, dieses Unbeschreibliche an ihnen gewesen? Was ist das Besondere, das Unbeschreibliche, das er auch in seinem Herzen fühlen kann? Er weiß es nicht, er kann es nicht beschreiben. Sehr weit sind sie nun schon marschiert, tagelang, Wochen. Adrian macht am Abend, wenn sie am Feuer bei ihrer kargen Mahlzeit sitzen, Notizen. Er notiert alles, alles, was sie gesehen haben, die Wege, die sie gegangen sind. Einfach alles. Die Rückreise steht ihnen nach dem Ziel ja noch bevor. Am Tage benutzt er gerne die Kamera, dieses, für den Betrachter der heutigen Zeit, große Ungetüm. Sie ist kompliziert in der Benutzung und groß, schwer und unhandlich. Aber mehr und mehr findet auch Juan Gefallen an dem sperrigen Gerät. Er wird später seiner Frau und seinen Kindern die Fotos zeigen, das nimmt er sich fest vor.

 Endlich, nach vielen Tagesmärschen, ist es so weit. Am Horizont können sie die Umrisse des großen Reiches Sonnentanz erkennen. Es liegt noch sehr weit in der Ferne, aber der Anblick und das Gefühl, kurz vor dem Ziel zu sein, treibt sie an. Noch einige Tage, dann haben sie ihr Ziel erreicht. Sonnentanz – das Reich eines großen Volkes. Die Reste einer großen Kultur, eines großen Volkes, das die Erde so schnell und geheimnisvoll verlassen hat, wie es auch aufgetaucht ist. Die Männer können sich nicht satt sehen an dem wunderbaren Anblick am Horizont. Jetzt wissen sie, wofür sie diese Strapazen auf sich genommen haben. Das große Ziel ist näher gerückt. Bisher war es nur eine Idee, jetzt ist die Idee sichtbar geworden. Jeden Abend skizziert Adrian die Umrisse, die sie am Horizont erkennen, in sein Notizbuch. Von Tag zu Tag werden die Skizzen größer und genauer. Ein unglaublich faszinierender Anblick. In wenigen Tagen wird es so weit sein, dann werden sie das große Sonnentanz, das Wahrzeichen einer untergegangenen Kultur, betreten können. Die Müdigkeit, die Erschöpfung, die sie bis vor kurzem verspürt haben, ist verflogen. Der Weg zum Ziel ist länger als es ihnen scheint. Die Sonne scheint schon am Morgen sehr kräftig vom Himmel, es wird immer schwerer, voranzukommen. Langsam gehen auch der Proviant und das Trinkwasser zur Neige. Die Männer leiden, die Tiere leiden, aber sie müssen voran. Sie haben ihr Ziel vor Augen, Irgendwann, nach noch unzähligen harten Märschen durch die Hitze, ist es zum Greifen nahe. Mit letzter Kraft betreten sie den äußeren Rand des großen Reiches Sonnentanz. Geschafft, das Ziel ist erreicht. Vor Erschöpfung und Erleichterung lassen sich die Männer auf den steinigen Boden fallen, während die Tiere tatsächlich in den Nischen saftiges Grün finden und zufrieden ihren Hunger stillen. Sie sind da! Unfassbar! Sonnentanz! Oft hatten sie daran gezweifelt, Zweifel waren aufgekommen. Hatten sie sich nicht doch zu viel vorgenommen? Jagten sie nicht doch nur einem Traum, einer fixen Idee hinterher? Auf dem langen harten Marsch waren sie nicht nur ein verträumter Deutscher mit einer fixen Idee und sein Begleiter geblieben, nein, sie waren zu echten Freunden geworden. Sie hatten sich viel zu erzählen gehabt, einer war für den anderen dagewesen, wenn dieser erschöpft war. Große Sorgen um die Tiere hatten sie gehabt, was, wenn sie kein Futter mehr finden würden? Hätten sie elend verhungern oder verdursten sollen? Jetzt sind alle Zweifel fort, jetzt sind sie sicher. Hier ist Sonnentanz, das große sagenumwobene Sonnentanz. Hier werden sie Antworten auf alle Fragen finden. Fragen, die sie beschäftigen. Juan hat sich zuerst erholt, er ist an das Klima gewöhnt, es ist seine Heimat. Schnell sammelt er Holz und facht ein Lagerfeuer an. Kurze Zeit später steigt ein angenehmer Geruch auf, Adrian freut sich schon auf die erste Mahlzeit am Fuße des großen Reiches Sonnentanz. Ja, so hatte er sich die Ankunft vorgestellt. Er ist ein freier Mann, er wird Antwort auf alle Fragen finden. Juan bereitet in Windeseile ein gutes Abendessen zu, während Adrian noch überlegt, woher Juan diese Künste beherrscht. Es ist beeindruckend, aus den wenigen Zutaten, die er in der kargen Landschaft findet, kann er ein prächtiges Mahl bereiten. Adrian beginnt, das große Reich Sonnentanz zu skizzieren. So, wie er es jeden Abend getan hat, nachdem sie die Umrisse zum ersten Mal am Horizont gesehen hatten. Heute kann er den Stift kaum ruhig führen, so überwältigt ist er von dem Anblick. Anschließend benutzt er die große Kamera um Fotos zu machen. Sobald die Sonne gesunken ist, wird er ein letztes Mal, bevor sie am morgigen Tag das große Reich Sonnentanz betreten, den klaren Sternenhimmel skizzieren. Genauso, wie es schon vor Jahrhunderten die weisen Männer eines großen, beeindruckenden Volkes getan haben. Längst weiß er so viel über dieses Volk, Juan hat ihm sehr viel erzählt, er hat ihm erklärt, wie die Menschen dieses Volkes gelebt haben, wie sie sich ernährt haben. Es ist kaum eine Frage offen geblieben. Die beiden Männer sind durch ihre mühsame Reise mittlerweile eng miteinander verbunden. Morgen wird es so weit sein, morgen werden sie das große Reich Sonnentanz betreten und die Geheimnisse dieser großen Kultur lüften. Daran glauben sie fest. Ein letzter Blick in den klaren Sternenhimmel und schon liegen beide in einem tiefen Schlaf. Es ist ein tiefer, gesegneter Schlaf. Ein Schlaf, den sie sich nach den vielen Strapazen, die sie auf sich genommen haben, verdient haben. Ein Schlaf, der ihnen Erholung schenkt. Keiner träumt in dieser Nacht. Die große Erschöpfung, mit der sie am Ende ihrer Reise gekämpft haben, ist vergessen, ist einer Faszination gewichen. Einer Faszination, die sie sich beide nicht erklären können.

„Juan, schau dir das an", Adrian und Juan sind überwältigt, sie können sich kaum entscheiden, wo sie ihre Expedition beginnen wollen. So beeindruckend und faszinierend ist alles. „Bevor wir weiter gehen, möchte ich zuerst noch den Eingang hier skizzieren. Warte ein wenig." Schon greift Adrian zu seinem Notizbuch und die ersten Linien sind auf dem Papier. Er kann es kaum erwarten, in die Höhleneingänge vorzudringen. Zu gespannt ist er, was wird sie im Inneren erwarten? Sie haben sich für einen der unglaublich vielen Höhleneingänge, einen, der direkt vor ihnen liegt, entschieden. Schnell ist der Eingang skizziert, Adrian hat alle Umrisse auf das Papier übertragen. Er schaut Juan aufgeregt an, gleich werden sie aufbrechen. Aufbrechen in eine Ungewissheit, was wird sie dort im Inneren erwarten? Diese unglaubliche Faszination hat sie wieder erfasst, eigentlich hat sie sie gar nicht mehr nicht losgelassen. Früh sind sie aufgestanden, beim ersten Morgengrauen haben sie ein ausgiebiges Frühstück zu sich genommen. Wieder einmal hat Adrian sich gefragt, wie Juan es schafft, aus den vielen verschiedenen Kräutern und Pflanzen, die er in der Wildnis findet, eine so gute Mahlzeit zu zaubern. „Juan, wie machst Du das? Ich verstehe das nicht, woher weißt du so viel über diese Pflanzen? Ich kenne sie alle aus meinen Büchern, aber so kenne ich sie nicht." Juan weiß, er kann es ihm nicht erklären. Er wird es nicht verstehen können. Schon seine Eltern und Großeltern wussten viel über diese Art und Weise, mit den Dingen, die die Natur schenkt, umzugehen. Sein Vater hatte die Geheimnisse von seinem Großvater gelehrt bekommen, der Großvater wiederum von seinem Vater und so waren diese Geheimnisse über viele Generationen hinaus gehütet und nur an Wissende weiter gegeben worden. Adrian würde diese nie begreifen können, er gehörte nicht zu ihnen. Er gehörte nicht zu ihrer Welt. Nein, all diese Dinge, die geheimen Dinge, konnte man nicht erklären, man musste sie im Herzen tragen.

„Okay, Adrian. Was denkst du, soll ich voran gehen?" „Nein, lass mich bitte. Ich gehe voraus, du hast eine Familie, die auf dich wartet. Auf mich wartet keiner. Wir wissen noch nicht, was uns da drinnen erwartet. Ich würde es mir nie verzeihen, wenn dir etwas zustößt, das kann ich nicht verantworten. Gib mir doch mal bitte die Lampe, es scheint gleich sehr dunkel da drin zu werden. Ich werde laut rufen, wenn alles in Ordnung ist. Und … bitte, falls du nichts hörst, riskier bitte nichts. Du sollst nicht zu Schaden kommen. Sei bitte vorsichtig." Adrian hat sich gut abgesichert, denkt er. Um die Hüfte hat er ein Seil geschlungen und an seinem Gürtel befestigt. Das andere Ende des Seils liegt in den Händen seines treuen Freundes Juan. Er kann ihm blind vertrauen, das weiß er. Angst quält ihn nicht, eher die Aufregung, die Vorfreude. Die besondere Stimmung, die sich am Eingang der Höhle breit macht, ist unbeschreiblich. Adrian fühlt, wie die Höhle ihn ruft, kaum zu beschreiben, aber er fühlt, wie die Höhle ihn umfängt und förmlich in sich hinein ziehen will. Juan ruft ihm zu, dass alles in Ordnung ist, er das Ende des Seils vorsichtshalber auch noch am Stamm eines riesigen, uralten Baums befestigt hat, damit er seinen treuen Freund nicht verliert. Er ist ein guter Mann, für seinen neuen Freund würde er alles tun. Mit diesem Bewusstsein im Herzen setzt Adrian den ersten Fuß über die Schwelle des Eingangs. Die Höhle scheint ihn auf magische Weise in sich hinein zu ziehen, fast so, als hätte sie schon seit sehr langer Zeit auf ihn gewartet. „Hey, Adrian, ist da drinnen alles in Ordnung?" „Ja, Juan, komm, das musst du dir ansehen. Es ist genug Platz hier für uns beide!" Jetzt hält auch Juan nichts mehr vor dem Eingang, er überprüft noch ein letztes Mal das Seil, ein Risiko wollen sie beide nicht eingehen. In seinem Herzen fühlt er auch plötzlich diese magische Anziehungskraft, die Kraft, die Adrian auch gespürt hat. „Juan, bitte bring mir meinen Block und einen Stift mit. Ich muss unbedingt aufzeichnen, was ich hier sehe. Komm schnell! Es ist so unglaublich! So viele Zeichnungen! Unglaublich!" Kaum hat Juan die Höhle betreten, ist er fasziniert von dem, was er sieht. Unfassbar! So viele Zeichnungen an den Wänden der Höhle. Und das schon am Eingang, was wird sie hier noch alles erwarten? Während Adrian ungläubig die vielen Darstellungen ansieht, fühlt sich Juan um Hunderte von Jahren in eine andere Zeit zurück versetzt. Waren das seine Vorfahren? Haben sie diese Zeichnungen in die Höhlenwände gebracht? Sie werden viele Stunden, nein, viele Tage brauchen, um diese scheinbar nicht enden wollenden Zeichnungen alle zu sehen und zu enträtseln. Es ist magisch. Vorsichtig tasten sie sich voran, legen sanft ihre Finger auf die magischen Bilder. Sehr vorsichtig und sanft sind sie, sie haben eine große Ehrfurcht vor dem, was hier Menschen vor langer Zeit geschaffen haben. „Juan, ich muss das zeichnen." Adrian greift nach seinem Block und beginnt die ersten merkwürdigen Zeichen auf sein Papier zu übertragen. Er kann immer noch nicht begreifen, was sie hier sehen. Juan hält den Atem an, er ist so ergriffen, dass er nur noch schlucken kann. „Ja, mein Freund. Das musst du. Du musst das alles aufzeichnen, das wird uns kein Mensch glauben. Bitte zeichne alles auf. Schade, dass wir hier mit der Kamera keine Bilder machen können. Was mögen diese Zeichen, die Zeichnungen nur bedeuten? Adrian, kannst Du dir in etwa vorstellen, wie lange die Menschen, meine Vorfahren, gebraucht haben, um dies hier zu erschaffen?" Egal, wohin sie sich drehen und wenden, überall sind Zeichnungen und Zeichen an den Höhlenwänden zu sehen. Es ist unfassbar. Adrian skizziert mit zittriger Hand die ersten Zeichen, während Juan ihm das Licht hält. Sie fühlen eine unglaubliche Ergriffenheit. Beide können nicht glauben, was sie hier sehen. „Adrian, ich fühle, dass die Höhle auf mich gewartet hat. Sag, spürst du auch so ein Gefühl? Diese Höhle, es ist, als hätte ich hier schon gelebt. Ich kann es nicht glauben. Wenn ich das später meiner Familie erzähle..." Sie sehen Zeichnungen, Zeichnungen von vielen verschiedenen Pflanzen, als kleines Pflänzchen, als große ausgereifte Pflanze. Zahlreiche Getreidesorten, verschiedene Gräser, unendlich viele verschiedene Blumen, alle in den prächtigsten Farben, man möchte sie direkt pflücken, an ihnen riechen. Zahllose Obst- und Gemüsesorten in den verschiedensten Wachstumsphasen, große Bäume, einzeln oder in Gruppen, alles ist bis ins kleinste Detail dargestellt. Zeichnungen von Tieren, Tieren, die auf saftigen Wiesen weiden, Muttertiere mit ihrem Nachwuchs. Fliegende Tiere, große und kleine. Tiere mit vier Beinen, Tiere mit Flügeln, Tiere auf zwei Beinen. Tiere, die sich paaren. Tiere, die in großen Herden auf den nahrhaften Wiesen weiden, einzelne große starke Tiere, die an Bären erinnern. Aber auch sehr kleine Tiere wurden wie von einer magischen Hand gemalt, einige sind kleiner als ein Fingernagel. Manche Tiere wirken wie Fabelwesen, es gibt geflügelte Pferde, Tiere, die mit einem Feuerschweif durch die Lüfte fliegen. Tiere, die wirken, als würde bei ihnen Feuer aus dem Maul dringen. Tiere, die unbeschreiblich in ihrer Art sind. Menschen, Menschen bei der Arbeit. Bauern, bei der Feldarbeit und bei der Ernte. Männer, die schwere Steinblöcke hinter sich her ziehen. Männer, die die schweren Steinblöcke auf einander stapeln. Frauen, Frauen, die kochen, Frauen, die ihre Wäsche am Fluss waschen. Frauen, die auf ihren Köpfen große Körbe tragen, andere tragen Krüge auf ihren Köpfen. Es ist unfassbar. Einfach voller Magie. Kinder, die geboren werden, Kinder, die spielen. Unzählige Spielarten sind festgehalten. Menschen, die sich an den Händen halten und tanzen. Menschen, mit offenen Mündern, sie singen. Fast ist es, als könnte man ihren Gesang noch immer hören. Männer, Frauen und Kinder, die dem Ruf ihres Lebens folgen. Menschen, die weinen, die die Hände zum Himmel erhoben haben und nach oben in den Himmel blicken, fast so als würden sie auf etwas warten, etwas, das vom Himmel kommen soll. Menschen, die sich nieder gekniet haben. Menschen, denen ein Arm oder ein Bein fehlt. Sie weinen, beim Betrachten kann man den Schmerz im Herzen fühlen. Einige Menschen sind mit einem zerrissenen Herz zu sehen, es ist so traurig. Über diesen Menschen sind merkwürdige Zeichen angebracht. Es sind auch sehr große Menschen erkennen. Diese sind deutlich größer als die anderen. Mag es in der vergangenen Zeit übergroße Menschen, Riesen gegeben haben? Diese Riesen sind in einer besonderen Art, mit sehr leuchtenden Farben dargestellt. Die Zeichnungen strahlen eine besonders geheimnisvolle Magie aus. Über den Zeichnungen der Riesen sind wieder merkwürdige Zeichen zu sehen. Zu Füßen der riesigen Gestalten die kleinen Menschen. Auf den Zeichnungen tropft aus ihren Körpern rote Flüssigkeit, Blut! Oder sind es Tränen? Es gibt Zeichnungen, auf denen die Riesen kleine Kinder oder Tiere in ihren Händen halten. Schrecklich! Die Riesen strahlen ein unheimliches Gefühl aus, was hatten sie mit ihren Opfern vor? Wollten sie sie töten? Oder den Göttern opfern? Erwachsene Menschen, die vor den Riesen auf die Knie gegangen sind. Auf manchen Zeichnungen liegen die Menschen bäuchlings vor den Riesen. Große Bauwerke, vor denen sich viele Menschen versammelt haben, sind zu erkennen. Es ist unfassbar, wie groß diese Monumente sind. Sie erinnern an die Pyramiden in Ägypten, andere erscheinen wie die Tempel, die vor langer Zeit von den Christen errichtet wurden. Eine Zeichnung scheint das sagenhafte Babylon darzustellen. Obelisken reihen sich aneinander, riesengroße Steine, aufeinander gestapelt, in einem überdimensionalen Kreis. Rätselhafte Zeichnungen, Linien in Form eines Affen, eines Skorpion, eines Skarabäus und eines Vogels lassen an die Nazca-Linien denken. Die ganze Welt, die ganze Geschichte in einer Höhle in Form eines Lexikons dargestellt. Der Sternenhimmel, Planeten, Kometen, Sterne und natürlich die Sonne und der Mond strahlen in den prächtigsten Farben. Es ist nicht zu glauben, wie präzise jedes einzelne Sternbild gezeichnet ist. Hätte die Höhle keine Decke, könnte man sich fühlen, als würde man direkt in den Himmel schauen. Wer mag das für seine Nachfahren festgehalten haben? Vielleicht, nein, ganz sicher, war es sein Wunsch, das große Wissen weiter zu geben. Und wieder diese merkwürdigen Zeichen. Zahlreich sind sie angebracht worden. Was wollen sie uns sagen? Die nächste große Darstellung scheint sehr seltsam, sie ist nicht zu verstehen. Diese Zeichnung erscheint wie eine Geschichte, eine Geschichte mit einem tragischen Ende. Sie beginnt mit der Darstellung eines glücklichen Lebens. Menschen bei ihren vielfältigen Tätigkeiten, in sehr bunten Farben, Männer bei der Arbeit sind zu erkennen, Kinder spielen fröhlich lachend auf grünen Wiesen. Sie sind tollend dargestellt, fast kann man ihr Lachen und ihre Rufe hören, während ihre Mütter gesellig zusammen zu sitzen scheinen. Eine Gruppe weidender Tiere gleich neben einem Waldstück, deren Bäume in verschiedenen Farben um die Wette strahlen. Ein sehr Abschnitt, der Zufriedenheit und Glück ausstrahlt. Doch plötzlich eine Frau, die verzweifelt ihre Hände zum Himmel reckt, sie scheint zu schreien. In ihren Augen sind deutlich Tränen zu erkennen. Ihr Gesichtsausdruck ist verzweifelt. Am Himmel sind deutlich merkwürdige Konstrukte zu erkennen. Verschwunden ist die Sonne, verschwunden ist das Licht des Tages. Die Menschen sind vor Schreck erstarrt sind und schauen entsetzt zum Himmel. Diese Konstrukte am Himmel, was mögen sie darstellen? Sie versetzen die Menschen in Angst und Schrecken. Sie bringen Verderben, sie nehmen den Menschen alles, das scheinen die Menschen zu ahnen, sie wissen, was kommen wird. Es muss schrecklich sein. Nach einer Weile senken sich die rätselhaften Konstrukte vom Himmel auf die Erde herab. Überall sind verzweifelte Menschen zu sehen. Viele riesige, hell leuchtende Gestalten, die den Menschen sehr ähneln, sie wirken wie riesengroße Menschen sind vor diesen merkwürdigen Gebilden dargestellt. Es sind die Riesen, die schon am Höhleneingang zu sehen waren. Sie lassen die Menschen für sich arbeiten. Die Menschen müssen monumentale Bauten für die Riesen errichten, es ist eine sehr schwere, fast unmenschliche Arbeit. Deutlich kann man erkennen, wie die Riesen sie anleiten und beaufsichtigen. Die Riesen scheinen nicht von dieser Welt zu sein, so hell, wie sie strahlen. Woher kommen sie? Wer sind sie? Und … was wollen sie auf der Erde? Der Erde, die den Menschen so ein schönes Zuhause, ein Leben in Frieden und Harmonie zu bieten hat. Unzählige große Bauten, in allen möglichen Formen haben sie errichtet. Auf der nächsten Zeichnung erkennt man, zwischen Himmel und Erde, ein seltsames Gefährt. Eines, das noch kein Mensch je zuvor gesehen hat. Es scheint von Hunderten von Tieren, die an geflügelte Pferde erinnern, gezogen zu werden. In dem Gefährt, das keine Räder hat, nur durch die Luft, gezogen von den geflügelten Fabelwesen, zu fliegen scheint, befindet sich eine riesige Gestalt. Viele Male größer als die vorher dargestellten Riesen. Er lässt sich von den anderen Riesen anbeten. Was geht hier vor sich? Ist er ein Gott, der auf die Erde gekommen ist? Hat er schon, bevor er auf die Reise ging, seine Untertanen geschickt, damit sie ihm einen Platz auf der Erde bereiten?

Mussten die Menschen aus diesem Grund so qualvoll die vielen Bauten errichten? Für Ihn? Sollten sie ihm einen Platz bereiten? Das seltsame Gefährt, welches so groß zu sein scheint, wie mehrere Pyramiden nebeneinander, ist zum Stehen gekommen. Die Riesen huldigen ihrem Oberhaupt. Auf der Zeichnung knien sie vor der Gestalt, die nicht von dieser Welt sein kann. Ihre hellen, leuchtenden Köpfe sind gesenkt, man erkennt, wie die Augen auf den Boden vor ihnen gesenkt sind. Sie wagen nicht, den Blick zu heben. Großartige Künstler waren hier vor vielen Jahrhunderten am Werk. Auf der nächsten Zeichnung halten die Riesen Kinder und Tiere in ihren Händen und bieten sie dem rätselhaften Wesen zum Opfer an. Ist auf diesem Wege ein großes Volk, eine große Kultur ausgelöscht worden? Das letzte Bild dieser traurigen Geschichte befindet sich in einer engen Nische der Höhle. Die Künstler haben bewusst diese kleine Nische gewählt um zu verhindern, dass ihre Botschaft an die Nachwelt von den Riesen vernichtet wird. In der Nische haben sie sich so lange versteckt gehalten, bis die Riesen mit ihrem Oberhaupt die Erde verlassen haben, sie haben alle Kinder und Tiere mit sich genommen. „Juan, schau! Welche eine unglaubliche Pracht. Wie glücklich müssen die Menschen damals, vor so vielen Jahrhunderten gelebt haben. Welche eine großartige Kunst. Ich kann nicht glauben, was ich hier sehe. Hier waren große Künstler am Werk, es ist unfassbar." Adrian kann immer noch nicht glauben, welche unglaublichen, faszinierenden Entdeckungen er schon in der ersten Höhle, am ersten Tag des Betretens von Sonnentanz gemacht hat. Was wird sie noch alles erwarten? Die Augen von Juan können sich nicht satt sehen an der großen Kunst seiner Vorfahren. Seine Geschichte wird hier lebendig. Er kennt die Erzählungen der alten Leute seines Volkes, die von seltsamen riesigen Wesen, die auf die Erde kamen und alle Kinder und Tiere mit zu sich in eine andere Welt genommen haben. Bisher hat er diese Erzählungen immer als Phantasie der alten Leute abgetan, nicht ernst genommen. Aber was er hier sieht, belehrt ihn eines anderen. Unglaublich, jetzt kann er das Unglück seines Volkes förmlich fühlen. Er spürt es mit jeder Faser seines Körpers. Es tut weh, sehr weh. Fast zerreißt es sein Herz. Tief in seinen Gedanken fühlt er jedoch auch eine Dankbarkeit, Dankbarkeit dafür, dass er das Wissen seiner Urahnen vermittelt bekommen hat und auch an seine Kinder und Enkel weiter geben kann. Dass sein Volk so dramatisch untergegangen ist, hat er nie glauben wollen. Jetzt wendet er sich wieder der Realität und den großartigen Malereien zu. Jedes einzelne Zeichen studiert er, er will so viel wie möglich davon in seine Gedanken aufnehmen, um es weiter zu geben. Langsam und sehr leise studiert auch er die tragische Geschichte, fast bis zum Ende. Das Ende sieht er nicht, „merkwürdig, warum geht es hier nicht weiter", fragt er sich. „Adrian, komm doch mal bitte mit der Lampe rüber. Ich habe das Gefühl, dass es hier noch weitergehen muss. Es ist ein Rätsel, die Geschichte kann doch hier nicht zu Ende sein. Komm doch bitte. Wir müssen hier nochmal genau weiter suchen." Auch Adrian ist fasziniert von den vielfältigen Eindrücken, jedoch ist er ist eine andere Art und Weise fasziniert, noch hat er die tragische Geschichte nicht richtig erkannt, die seinen Freund Juan beschäftigt. Er fühlt sich eher magisch angezogen von den vielen Zeichnungen und rätselhaften Symbolen, die er nicht deuten kann. Die Zeichnungen sprechen für sich und erzählen viel von der einstigen Kultur, er aber fühlt sich immer weiter angezogen, angezogen von der Höhle. Es ist, als würde die Höhle ihn immer weiter in sich hinein ziehen wollen. Als hätte sie schon sehr lange auf ihn gewartet. „Adrian, kommst Du? Komm bitte. Lass uns mal hier schauen!" Juan kann es kaum noch erwarten, eine große Spannung treibt ihn, er möchte das Ende der Geschichte finden. „Juan, ja, eine Sekunde, ich komme. Schauen wir mal, was es hier zu sehen gibt. Es ist ja unglaublich, was die Menschen vor so langer Zeit geleistet haben. Aber wie erklärst du dir die riesigen Gestalten, die wir hier überall sehen? Findest du nicht auch, dass sie von einem beeindruckendem Licht umgeben sind?" Beide Männer stehen vor der tragischen Geschichte. Sie studieren sie noch einmal, fühlen sich von ihr gefangen. Was mag hier vor so langer Zeit geschehen sein? Aufgeregt tasten sie die Zeichnungen einzeln und vorsichtig ab, vielleicht finden sie die Antwort, das Ende der tragischen Geschichte. „Stopp, Adrian! Hier ist etwas! Leuchte mal hier bitte. Hier ist etwas anders. Lass uns mal schauen." Sehr behutsam, unter dem Schein der Lampe tastet Adrian sich voran. Tatsächlich kann er etwas ertasten, direkt unter der letzten Zeichnung findet er eine kleine Nische. Er tastet vorsichtig weiter, was ist das? „Juan, du hast Recht, da ist etwas!" Sanft, um die Zeichnungen nicht zu beschädigen, tastet Adrian sich weiter voran. Seine Augen weiten sich vor Überraschung. „Juan, das ist keine Wand!" Er hat ein dünnes Pergament ertastet, es ist dunkel. Das Pergament hat die gleiche Farbe wie die Wände der Höhle, so ist es ihnen beim Betrachten der vielen Malereien zunächst nicht weiter ins Auge gefallen. Vorsichtig versucht er, das Pergament zu lösen, er möchte heraus finden, was sich dahinter verbirgt. Zuerst tastet er die obere Seite ab und kann sie ganz leicht lösen. Dann löst er auch die anderen Seiten. Vor den beiden zeigt sich eine weitere kleine Höhle. Unglaublich, was mag sich hier verbergen? Juan leuchtet mit seiner Lampe die kleine Höhle aus, es ist fast keine Höhle, eher eine kleine Nische, an deren Ende sich ein kleiner Eingang verbirgt. Sie sind gespannt, beginnen sich zu beraten, wie sie weiter vorgehen wollen. Juan möchte zu gerne sofort in die Nische kriechen, um mehr zu sehen. Vielleicht enthüllt sie das letzte Geheimnis seines

Volkes? Vielleicht birgt sie aber auch eine Gefahr? Vielleicht aber birgt sie auch einen großen Schatz einer untergegangenen Kultur? Seine Kultur war sehr reich und mächtig, vielleicht findet er einen Schatz und kehrt als gemachter Mann zu seiner Familie zurück? „Juan“, Adrian findet als erster der beiden seine Sprache wieder. „Hör zu, denk bitte dran, du hast eine Familie. Eine Familie, die auf dich wartet. Eine Familie, für die du sorgen musst. Hör zu, ich werde zuerst gehen. Bitte, gib mir die Lampe. Da drinnen ist es so dunkel, dass ich die Hand nicht vor meinen Augen erkennen kann. Wir wissen nicht, was uns erwartet. Lass mich zuerst gehen.“ Fast fleht er seinen Freund an, kein Risiko einzugehen und an seine Familie zu denken. Juan gibt schließlich nach, im schwächer werdenden Schein der Lampe geht er allein zurück ans Tageslicht, während Adrian sehr langsam in die Nische gleitet. Er möchte unbedingt zuerst wissen, wohin der Eingang am Ende der Nische ihn führen wird, diese Frage lässt ihm keine Ruhe. Doch er muss erst schauen, ob er das Ende der Geschichte entdecken kann. Das ist er seinem gutem Freund Juan schuldig. Er hat es ihm in die Hand versprochen. Mit ungläubigen Augen betrachtet er die Malereien in der Nische, hier waren wirklich große Künstler am Werk. Wer mögen diese begnadeten Menschen gewesen sein? Wie mögen sie gelebt haben? Waren sie glücklich, waren sie jung oder alt, hatten sie eine Familie? Haben die leuchtenden, riesigen Gestalten, die sie vorher gesehen haben, ihnen befohlen, hier weiter zu malen? Oder wollten sie ihr Geheimnis hier vor fremden Augen hüten? Wie mögen sie ausgesehen haben? Waren sie allein, als sie ihre Arbeit vollendet haben? Und…woher stammt das Pergament, dass sie am Eingang entdeckt haben? Findet er hier die Antwort auf die Frage, die Frage, die er sich immer wieder stellt? Die Frage, woher er eigentlich kommt, wo sein Platz im Leben sein mag? Er tastet vorsichtig mit den Händen an den Höhlenwänden entlang, das Licht der Lampe wird schwächer. Da ertastet er etwas! Was ist das unter seiner Hand? Es fühlt sich an wie … Mit dem schwachen Licht der Lampe, die kaum noch genug Kraft hat, die kleine Nische auszuleuchten, entdeckt er es! Es ist ein Skelett, eine Leiche, eine mumifizierte Leiche! Hier liegt ein toter Mann. Adrian schluckt das Grauen herunter, das hat er nicht erwartet. Die Mumie scheint ihn zufrieden anzusehen, da bemerkt er etwas Sonderbares an der Mumie. Die rechte Hand ist nicht, wie sonst bei einer Mumie, an den Körper fixiert, nein, sie ist ausgestreckt und zeigt nach oben. Fast so, als wolle sie ihn auf etwas hinweisen. „Es ist so eng hier, ich bekomme kaum noch Luft". Adrian bemerkt langsam, dass ihm das Atmen schwer fällt, vielleicht sollte er jetzt versuchen, an die frische Luft zu kommen, um wieder Sauerstoff einatmen zu können. Da fällt ihm auf, dass sich das Seil, das er sich vor dem Betreten der Höhle um die Hüfte gebunden und noch extra an seinem Gürtel befestigt hatte, beim Eindringen in die Nische gelöst haben muss. „Oh, mein Gott! Hoffentlich finde ich wieder zurück." Angst überfällt ihn, er weiß, er muss jetzt seine Gedanken beruhigen. „ Komm, mein Lieber. Verfall jetzt nicht in Panik. Du bist in einer Höhle, einer Höhle in Sonnentanz. Na und? Bleib ruhig! Es gibt genügend Sauerstoff und gleich gehst du zurück, zurück ans Tageslicht. Tief durchatmen, dein Freund Juan wird sicher schon ein gutes Essen zubereitet haben. Bleib ruhig, atme tief ein und aus!" So spricht er zu sich selbst, sein Puls und seine Atmung beruhigen sich wieder. Nun, wo er schon hier in der Nische ist, will er zumindest noch einmal die seltsame Mumie genau betrachten. Viele Mumien hat er schon gesehen, aber diese hier ist anders. Warum streckt sie ihre rechte Hand nach oben? Das muss er heraus finden. Viel Zeit bleibt ihm jedoch nicht mehr, das Licht der Lampe wird immer schwächer und dann muss er auch noch den Rückweg schaffen. „Weiter, konzentriere dich auf die Mumie. Du siehst die Wahrheit, die Antwort, die große Antwort liegt vor dir. Du musst sie jetzt nur finden. Geh deinen Weg!" Was ist das? Eine Stimme spricht in seinem Kopf zu ihm. „Das kann doch nicht wahr sein, jetzt verliere ich doch tatsächlich hier noch den Verstand", denkt er sich. „Was hat die Stimme ihm gesagt? Konzentriere dich auf die Mumie! Sieh sie genau an!" Vielleicht liegt es daran, dass der Sauerstoff knapp wird, seine Gedanken spielen verrückt. Nein, Aufgeben kommt jetzt nicht in Frage. Schnell noch den letzten Moment nutzen. Zumindest will er noch kurz schauen, worauf die Mumie deutet. Was will sie ihm zeigen oder bildet er sich das alles nur ein? Und ... woher kommt die Stimme, die zu ihm gesprochen hat? Adrian sieht in die Richtung, in die die ausgestreckte Hand der Mumie zeigt. Der schwache Schein der Lampe leuchtet gerade noch nach oben, ein letzter Blick auf das Ende der Geschichte. Er sieht die Antwort auf all seine Fragen im letzten Bild. Das ist es, was die Mumie ihm sagen wollte! Die Zeichnung stellt Fluten dar, Menschen, die verzweifelt versuchen, vor einer unglaublichen Wassermenge zu fliehen. Kinder, Männer und Frauen, die ertrinken. Die Fluten müssen riesig gewesen sein, sie verschlingen all die unglaublichen Bauwerke, die er auf den Zeichnungen gesehen hat. Grauenhaft, so viel Wasser, so eine Flut. Die Flut reißt alles mit sich, er sieht, wie Tiere und Menschen reglos im Wasser treiben und davon gespült werden. Alle Fabelwesen, die er vorher gesehen hat, treiben mit den Wassermassen davon. Er kann spüren, wie das Wasser durch seine Adern, durch seinen Körper rauscht. Dann wird es still um ihn. Der letzte schwache Schein seiner Lampe ist erloschen, er bemerkt es nicht mehr. Eine tiefe Ruhe und Stille umgibt ihn, er treibt, wie von einer großen Welle getragen, davon. Dann ist es vorbei. Alle Gefühle sind erloschen, er spürt keinen Schmerz mehr. Für einen

Moment wird er ganz leicht und schwerelos, fast so, als würde er davon schweben. Ein helles Licht erstrahlt für einen Moment in der kleinen Nische, dann ist es dunkel.

Draußen, vor dem Eingang der Höhle, bemerkt Juan die Katastrophe. Er sieht, dass sich das Seil gelöst hat. Ordentlich zusammen gelegt liegt es vor dem Eingang, fast so, als hätten sie es gar nicht benutzt. Er kann es nicht fassen. Sie hatten doch extra das Seil zur Sicherheit an dem großen, Hunderte Jahre alten Baum befestigt. Und nun? Was kann er jetzt tun. Er muss zu seinem Freund Adrian zurück in die Höhle, ihm das Seil geben, ihm die Hand reichen und dafür sorgen, dass er heil und unbeschadet wieder heraus kommt, zurück zu ihm. Dann werden sie morgen wieder ihr Glück versuchen. Plötzlich, gerade hat er sich nach dem Seil gebückt, spürt er, wie ein helles Licht durch seinen Körper fährt. Als wäre er von einem Blitz getroffen. Das Licht hält ihn am Boden gefangen, er kann sich nicht mehr rühren. Tränen treten in seine Augen, was ist passiert? Es ist unheimlich, gibt es hier doch einen Fluch? Ist das der Grund, warum so viele Entdecker nie wieder aus Sonnentanz zurückkehrten? Man hatte ihn gewarnt, seine Eltern und Großeltern hatten ihm doch schon so oft Geschichten von Leuten erzählt, die voller Hoffnung hier hergekommen waren und dann nie wieder gesehen wurden. Mein Gott, jetzt hatte ihn der Fluch auch erwischt. Er betet. „Oh, mein Gott! Bitte, hilf mir! Ich muss zurück zu meiner Familie. Lass mich hier nicht sterben. Bitte. Bitte, lass meinen Freund und mich am Leben." Oh, hätte er sich doch nie auf dies Abenteuer eingelassen. Warum hatte er sich am Ende doch von Adrian, dem verträumten Deutschen mit der fixen Idee, überreden lassen. Er wollte die Geheimnisse seiner Vorfahren lüften. Natürlich. Mein Gott, wie bereut er jetzt seine Neugier. Nie würde er jetzt das Geheimnis seiner Vorfahren lüften können. Und Adrian! Wo mochte er sein, befand er sich noch in der Höhle? Was hatte er wohl hinter dem Pergament entdeckt? Das helle Licht in und um Juan erlischt, auch um ihn wird es tief dunkel. Seine Gedanken kreisen ein letztes Mal, dann fällt er in sich zusammen. Eine Magie hält ihn am Boden fest, er kann sich nicht mehr von der Stelle rühren. Es wird nun ganz schwarz um ihn.

Der alte Mann

Adrian erwacht, er versucht, auf seiner Taschenuhr zu erkennen, wie spät es wohl sein mag. Hat er geschlafen? Er kann sich an nichts mehr erinnern. Wie ist er überhaupt hier her gekommen? Und...wo ist er überhaupt? Sein Blick fällt auf die Lampe, die keinen Lichtstrahl mehr von sich gibt. Langsam gewöhnen sich seine Augen an das Dunkel. Er scheint sich in einer kleinen Nische zu befinden. Es gibt einen sehr kleinen Eingang, zur anderen Seite gibt es einen größeren Gang. Da erschrickt er, neben sich erkennt schwach in der Dunkelheit etwas! Etwas, das ihm den Atem stocken lässt. Die Umrisse eines Skeletts. Ein seltsames Skelett. Der rechte Arm zeigt auf eine merkwürdige Art und Weise in die Höhe. Wie lange mag er schon hier sein? Er fühlt sich merkwürdig erfrischt und von der Höhle angezogen. Nun will er versuchen, herauszufinden, wer er ist und wo er ist. Seine Erinnerungen sind völlig verschwunden. Instinktiv wählt er den größeren Eingang, eine eigenartige Magie scheint ihn anzuziehen. Eine Magie, gegen die er sich nicht wehren kann. Gut, dann wird er dem unsichtbaren, unhörbaren Ruf nachgeben und zuerst untersuchen, was ihn hinter dem großen Eingang erwarten könnte. Zuerst streckt er seinen rechten Arm durch den Eingang, vorsichtig und langsam. Falls sich dort etwas befindet, will er es nicht aufschrecken oder zerstören. Nein, alles ist frei. Er riskiert einen vorsichtigen Blick hinter den Eingang. Nichts. Wie gut, dass sich seine Augen schnell an das Dunkel gewöhnt haben. So betritt er jetzt gespannt den Raum hinter der Nische. Was mag ihn hier erwarten? Es scheint, als würde es etwas heller als in der kleinen Nische, in der erwacht ist, sein. Hier kann er besser Umrisse erkennen. Oder haben sich seine Augen, seine Sinne einfach nur an die Dunkelheit gewöhnt? Die Atmosphäre in der Höhle ist beklemmend, ja beängstigend. Er tastet die Wände ab. Für ihn scheint es, als hätte sich die Höhle ein wenig vergrößert. Weiter tastet er die Wände ab, er kann einige Unebenheiten erfühlen. Seine Neugier ist erwacht. Schon etwas eifriger und weniger zaghaft tastet er sich voran. Die Unebenheiten werden großflächiger, hier hat seiner Meinung nach die Natur ein seltsames Schauspiel erschaffen. Manche Unebenheiten fühlen sich wärmer an als andere. Sein Entdeckergeist ist erwacht. Er tastet und tastet, er fühlt und fühlt, er speichert alles, was er erfühlen kann, in seinen Gedanken. Nichts von alledem will er vergessen. So geht es eine ganze Weile voran, bis er eine weitere Öffnung ertastet. Wohin wird diese Öffnung führen? Hoffentlich führt sie in hinaus aus dieser Dunkelheit, hinaus an das Tageslicht. Die neue Öffnung ist groß, so groß, dass er wie ein Mann hin durch gehen kann. Er braucht sich nicht bücken, er braucht sich nicht durch eine winzig kleine Öffnung zwängen. Nein, diese Öffnung durchquert er aufrecht, wie ein Mann. Hier wird es für ihn noch ein wenig heller. Obwohl es keinen einzigen Lichtschein gibt, ist es für ihn einfacher geworden, etwas zu erblicken. Er kann Umrisse von Statuen erkennen. Statuen, die in den Felsen hinein gearbeitet worden sind. So etwas hat er noch nie gesehen. Wo mag er nur sein? Wer ist er? Und…was ist das für ein magischer Ort, an dem er sich befindet. Gründlich tastet er die Statuen ab, er schaut sie sich alle genau an. Es wundert ihn nicht, dass er ohne Licht alles genau erkennen kann. Er kann im Dunkeln sehen. Die Statuen haben alle ein Gesicht. Alle! Jede für sich hat ein anderes Gesicht. Irgendwie fühlt er sich von den Statuen beobachtet, fast so, als wären sie am Leben. Aber das konnte doch nicht sein, sie waren alle in den Felsen geschlagen worden, das kann er deutlich erkennen. Hunderte von diesen geheimnisvollen Statuen umgeben ihn, jede ist anders. Manche sind groß, manche klein. Man könnte denken, hier hat jemand Kinder und Erwachsene als Statue dargestellt. Jede einzelne Statue für sich ist einzigartig. Keine gibt es doppelt. Für ihn fühlt es sich an, als würden sie ihn rufen, ihn zu sich her bitten. Was hat es mit diesen geheimnisvollen Statuen nur auf sich? Welches Rätsel, welche Geschichte verbergen sie? Wer hat sie geschaffen? Mit sicheren Schritten, sein Körper hat sich an die Luft in der Höhle, die sehr klar zu sein scheint, gewöhnt, geht er voran. Er will versuchen, die Statuen zu zählen. Wie viele mögen es sein. Nach einiger Zeit und nach mehreren erfolglosen Versuchen, die Statuen zu zählen, bleibt er stehen und überlegt, ob er noch mal neu beginnen soll. Aber es scheinen einfach zu viele, was hat es mit ihnen auf sich? Er startet noch einen Versuch, bis er vor einer Statue verwundert stehen bleibt. Diese ist ganz anders. Sie ist besonders. Sie sticht aus der Reihe der anderen heraus. Sie ist von etwas umgeben. Die Statue stellt einen alten Mann dar, das kann er erkennen aber sie scheint wie in einen Mantel, einen Umhang eingehüllt. Warum? Adrian sieht ganz genau, ganz intensiv hin. Warum trägt diese Statue eine Art Umhang? Für einen Moment lang denkt er, die Statue hätte geatmet. Nein, mein Freund, deine Sinne täuschen dich! Oder doch nicht? Nein, das kann nicht sein, so viele steinerne Gebilde, keines wie das andere und eine soll atmen. Nein, noch einmal genau schauen. Er bleibt regungslos stehen und vermag selber kaum zu atmen. Da! Da war es wieder! Jetzt ist er sich sicher, dass seine Sinne ihn nicht getäuscht haben. Die Statue hat ganz leicht geatmet. Oder doch nicht? Zweifel kommen in ihm auf, er traut seinem Verstand nicht mehr. Vielleicht sollte er noch mal beginnen, die Statuen einfach zu zählen? Aber … warum ist diese hier in so ein merkwürdiges Gewebe eingehüllt? Und alle anderen nicht? Noch einmal betrachtet er die Statue genau, er will es jetzt wissen. Er will sich davon überzeugen, dass er einer Sinnestäuschung unterlegen ist und hält den

Atem an. Ruhig, fast regungslos, bleibt er vor ihr stehen und schaut. Nein, er hat sich getäuscht. Nichts. Aber was ist das mit dem Umhang? Warum ist das hier einzige eingehüllte Statue? Da! Hat sie nicht doch geatmet? Er konzentriert sich wieder auf den Umhang. Er möchte ihn gerne berühren, befürchtet jedoch, dass dieser vielleicht zerfallen wird, wenn er ihn berührt. Da! War es da nicht wieder? Er könnte schwören, dass sich der Brustkorb ganz leicht gehoben und gesenkt hat. Bedächtig streckt er seine Hand aus, nur ein einziges Mal will er vorsichtig das Gewebe des Umhangs berühren. Nur ein einziges Mal. Stopp! Da war es wieder! Jetzt ist er sich sicher. Die Statue atmet. Nein, jetzt nicht ablenken lassen. Konzentriere dich auf den Umhang! Seine rechte Hand bewegt sich sehr vorsichtig in die Richtung der Statue, gleich kann er den Umhang berühren, nur einmal, er möchte wissen, was das für ein Gewebe ist ... da öffnet diese die Augen! Ihm stockt der Atem. Erschrocken weicht er zurück. Hier unten, ein Mensch? Das kann nicht sein, das geht nicht mit rechten Dingen zu! Träumt er vielleicht? Mit einer sehr tiefen, aber warmen Stimme spricht es zu ihm: „Bist du endlich nach Hause gekommen? Sehr lange habe ich auf dich gewartet. Anthanasius, Herrscher des Reiches Sonnentanz!" Mit warmen Augen sieht der Alte ihn an. Er wirkt sehr groß auf ihn, sehr, sehr alt. Der Alte erhebt sich langsam von seinem Platz, Adrian starrt ihn voller Entsetzen an. Wie konnte der Alte hier sitzen und auf ihn warten? Wie hat er ihn angesprochen? „Anthanasius" und was sagt er da? Herrscher des Reiches Sonnentanz? Was soll das werden? Für einen kleinen Moment kommt ihm der Gedanke, dass der Alte wahnsinnig sein muss, vielleicht hat er hier unten, in der Dunkelheit und der Einsamkeit, den Verstand verloren? „Bitte entschuldige, ich verstehe nicht, was Du meinst. Du verwirrst mich. Geht es dir auch gut? Bitte entschuldige."

„Athanasius, vor vielen Jahrtausenden hast Du unser großes Reich Sonnentanz verlassen. Du hast dich von unserem Gott Abidan, dem großen Gott des Lichts, abgewandt. Deine Seele irrte sehr viele Ewigkeiten durch die verschiedenen Welten, bis du heute wieder heim gefunden hast. Viel Leid hat sie erleben müssen. Ich habe dich immer beobachtet, über dich gewacht, während der ganzen Jahrtausende." Liebevoll sieht ihn der Alte an, sein Gesicht ist von vielen tiefen Falten durchzogen, er muss ein sehr alter Mann sein. „Moment, Anthanasius, großer Herrscher, Sonnentanz, Abdidan, Gott des Lichts, was hat das alles zu bedeuten?" Träumt er? Was will dieser alte Mann von ihm? Sein Entdeckergeist, sein Forschungsdrang und seine Vernunft sagen ihm, dass das hier nicht wahr sein kann. Sicher träumt er, er ist Adrian von Liechtenstein, da fällt es ihm wieder ein, er ist hier, um die Höhlen von Sonnentanz zu erforschen. Daran kann er sich erinnern. Aber, kein Mensch kann in so einer Höhle leben und … was hat der Alte gesagt? Er hat über ihn gewacht, über Jahrtausende hinweg? Nein, seine Phantasie spielt ihm sicher einen Streich, er muss wirklich einen seltsamen Traum haben, dieses Erlebnis kann er sich nicht erklären. Vielleicht ist aber auch der Alte sehr verwirrt oder sogar wahnsinnig? Was hat er nur mit ihm vor? Und was erzählt er, wovon spricht er? Er, Adrian von Liechtenstein, soll Anthanasius, ein großer Herrscher, sein. Der Herrscher vom großen Reich Sonnentanz? Abidan, Gott des Lichts, niemals hat er davon gehört oder gelesen. Nachdem er nochmal in die warmen Augen des Alten blickt, beschließt er, das Spiel mit zu spielen. Nur so kann er etwas erfahren, nur so wird er aus dieser mysteriösen Sache, die ihm wie ein Traum anmutet, heraus kommen. Ja, er wird einfach mitmachen, dann wird sich schon alles auflösen. Der Alte wird wissen, was zu tun ist. Er wird ihn aus dieser Höhle, in der er längst die Orientierung verloren hat, führen. Er wird den Weg wissen. Also gibt es für ihn jetzt nur eins, ruhig bleiben und das Spiel, von dem er nicht weiß, wie es enden wird, mit spielen. „Was sagst Du, wie heiße ich? Anthanasius, langsam kommt meine Erinnerung zurück. Ich bin wohl noch etwas verwirrt vom Herumirren hier unten. Tut mir leid, ich habe so vieles vergessen. Erzähl mir von Abidan, von Sonnentanz, dessen Herrscher ich bin. Bitte erzähle mir." „Anthanasius, bitte, ich bitte Dich, vertraue mir. Du hast nichts vergessen, du warst es, Anthanasius, der große Herrscher von Sonnentanz, der sich von Abidan, dem großen Gott des Lichts, abgewandt hat." Sein Blick ruht warm und liebevoll auf ihm, er macht ihm keinen Vorwurf. „Alter Mann, bei allem Respekt, was erzählst Du? Bitte erklär mir alles, ich kann es nicht verstehen, ich kann nicht begreifen, was du mir erzählst. Wer ist dieser Anthanasius? Und wer ist Abidan, von dem du sprichst, den ich verraten haben soll? Bitte erkläre es mir und entschuldige, dass ich nicht verstehe, was du mir erzählst. Wahrscheinlich sind meine Sinne noch von dieser Höhle verwirrt. Du weißt, ich bin sicher schon sehr lange Zeit hier unten..." Freundlich und liebevoll nickt der Alte ihm zu, mit einer Geste bittet er Adrian, ihm zu folgen. Beide Männer, der große, wundersame Alte und Adrian, der Forscher, der Entdecker machen sich auf. Der große Alte geht voran, sie gehen eine ganze Weile, so lange, dass Adrian Zweifel bekommt. Er möchte sein Leben dem Alten nicht länger anvertrauen. Da erkennt er einen weiteren Gang, der aus der Höhle herauszuführen scheint. Wortlos bückt sich der Alte ein wenig und winkt Adrian in die Höhle hinein. Der Entdecker schluckt ein wenig. Was wird ihn erwarten? Aber er muss an dem Spiel teilnehmen, wenn er jemals wieder aus dieser misslichen Lage, aus dieser Höhle heraus ans Licht, an die Luft, an den Tag, kommen will. „Bleib nah bei mir, bleib an meiner Seite", fordert der Alte ihn auf, „dann wird dir nichts zustoßen." Nach dem Alten betritt er die nächste Höhle, ein wunderbares Licht hüllt den Alten plötzlich ein. Im Licht strahlt er förmlich, so hell, dass Adrian alles um sich herum wahrnehmen kann. Wie kann es sein, dass ein alter Mann so ein helles Licht ausstrahlt? Das Licht, das vom Alten ausgeht, ist ein warmes Licht. Es strahlt eine wunderbare Geborgenheit und Liebe aus, auch Adrian wird davon umfasst ohne sich wehren zu können. Es ist ein wunderbares Gefühl. Weiter gehen sie im warmen Licht durch die vielen unterirdischen Gänge, zielstrebig marschiert der Alte voran. Adrian dicht bei ihm. Er ist zufrieden, all seine Sorgen und Ängste, die er vor wenigen Minuten noch verspürte, sind verschwunden. Sein Zeitgefühl hat ihn verlassen, er kann nicht sagen, wie lange sie nun schon mit dem warmen Licht durch die vielen Gänge gegangen sind. Er weiß nicht, wohin sie gehen. Angst macht ihm diese Ungewissheit nicht. Plötzlich bleibt der Alte stehen, er zeigt auf einen großen Felsblock. „Anthanasius, hier warten die Antworten auf deine Fragen." „Aha, jetzt ist so weit." Was wird kommen? Ohne auch nur eine winzige Miene zu verziehen, rollt der Alte den großen Felsblock, der unendlich schwer sein muss, zur Seite. Er bewegt ihn leicht und locker, so wie jemand, der einen Vorhang öffnet, federleicht scheint der Block zu sein, obwohl er doch sicher Tonnen wiegen muss. Der Alte betritt zuerst das Dunkel, Adrian folgt ihm. „Komm, Anthanasius, komm. Abidan wartet schon auf dich. Sein Segen sei mit dir." Aha, wieder. Anthanasius, Abidan, Sonnentanz? Jetzt sieht Adrian sich in dem Raum, der vom Licht des Alten wunderschön und hell erstrahlt, um. Er will herausfinden, wo er jetzt ist. Und er muss herausfinden, warum der Alte ihn immer als Anthanasius anspricht. Der Raum ist wunderbar. Hohe Wände, die aus geschliffenen Edelsteinen zu bestehen scheinen, umgeben ihn. Der Gedanke, in einer Höhle zu sein, ist wie weg geblasen. Er befindet sich in einem Märchen.

Die Wände, die Steine schimmern im hellen Licht des Alten. Der Boden ist mit unzähligen, kostbaren Teppichen ausgelegt. Edle Tierfelle runden das Bild ab. Viele antike Möbel, solche die Adrian nur aus seinen Büchern kennt, füllen den Raum. Breite Liegen, deren Füße wunderschön aufwendig verziert sind, edle Armstühle, glänzende Tische aus edelstem Material, welches wie Marmor erscheint. Adrian kann sich kaum an allem satt sehen, er hat das Gefühl, sich im frühen Griechenland oder bei den Römern zu befinden. Seine vielen Bücher haben ihm solche Bilder immer wieder gezeigt. Es muss ein Märchen, ein wunderschöner Traum sein. Er wendet sich wieder dem Alten zu. „Setz dich, Anthanasius"! Mit einer einladenden Geste fordert der Alte ihn auf, sich auf einen der Stühle zu setzen. Adrian folgt seiner Aufforderung nur zu gerne, er schaut sich um, unfassbar, diese Pracht. Kaum traut er sich zu atmen um diese Pracht nicht zerfallen zu lassen. Für einen Moment verschwindet der Alte in einer Nische, während Adrian weiter in die Pracht des unterirdischen märchenhaften Raums versinkt. Da steht er wieder. In der Hand hält er eine edle Schale, die prunkvoll verziert ist. „Anthanasius, trink das." „Alter, was gibst du mir? Was ist das?" „Anthanasius, das ist reinstes Quellwasser, du hast es früher immer getrunken. Du wirst dich erinnern. Ich habe dem Wasser einige heilende, magische Kräuter beigemischt. Sie bringen deine Erinnerung zurück." Der Alte hat sich ihm gegenüber gesetzt und schaut ihn liebevoll an. „Anthanasius, du hast dich von Abidan, dem großen Gott des Lichts abgewandt. Du wirst zu ihm zurückkehren. Es ist so lange her, wir haben immer über deine Seele gewacht." „Wann war denn das? Was erzählst Du mir?" „Das ist viele Tausende Jahre her." Adrian reißt die Augen auf, das kann nicht sein. Viele Tausende von Jahren, so ein Unfug. So alt wird kein Mensch. Er sieht den Alten fragend an. „Vor vielen Tausenden von Jahren hast du dich von Abidan, dem großen Gott des Lichts abgewandt. Für dich sind es viele Tausende Jahre, für mich aber ist es gestern." Für ihn Tausende von Jahren, für den Alten gestern. Er muss wahnsinnig sein, der Alte oder vielleicht doch er? Adrian kann nicht glauben, was der Alte ihm erzählt. „Komm, trink die Medizin der Erinnerung. Trink sie langsam, Schluck für Schluck. Genieße sie. Genieße die Medizin der Erinnerung mit dem Segen Abidans. Du wirst die Erinnerung wieder erlangen. Das Weltliche, dem du dich hin gegeben hast, hat deine Erinnerung an Abidan, den großen Gott des Lichts, verdrängt. Du wirst deine wunderschöne Erinnerung zurück erlangen." Fragend schaut Adrian ihn an, was wird sein, wenn er die geheimnisvolle Medizin der Erinnerung zu sich nimmt. Er vertraut dem Alten, der ihn so liebevoll und warm mit seinem faltigen Gesicht ansieht. Das Licht, welches ihn umgibt, tut ein Übriges. Ja, es wird nicht sein Schaden sein, wenn er die Medizin der Erinnerung trinkt. Der Alte nickt ihm ein letztes Mal bejahend zu, während Adrian die Schale an den Mund setzt. Wunderbar schmeckt sie, die Medizin der Erinnerung, wirklich wunderbar. Es ist nicht einfach nur Quellwasser, dem einige Kräuter beigesetzt sind. Nein, es ist ein wunderbares Getränk, dessen zauberhaftem Geschmack er sich nicht erwehren kann. Die kostbare Schale gleitet ihm aus den Händen. Er fällt auf die Liege zurück, sie ist sonderbar weich geworden, es fühlt sich an, als befinde er sich auf einer Wolke. Er hört, wie aus weiter Ferne, dem Alten zu. „Durch viele Welten ist deine Seele gewandert, ehe sie das erste Mal auf die Erde kam. Viele verschiedene Leben hat sie durchstreift. Viele Leiden hat sie ertragen. Viel Liebe hat sie erfahren. Alles schon, bevor sie das erste Mal auf der Erde eingetroffen ist. Deine Seele ist schon viele Tausende Jahre alt, immer wieder hat sie sich selbst neu erschaffen. Immer wieder auf der Suche nach Antworten hat sie viel Leid, viel Einsamkeit, viele gefühllose Körper, ertragen müssen. Deine Seele ist so alt wie die Welt, viele Tausende Jahre. Immer war deine Seele auf der Suche. Auf der Suche nach der Vergangenheit, nach ihrem Ursprung. Die Medizin der Erinnerung wird dir helfen. Du wirst sehen, woher deine Seele stammt. Sie hat ihre Heimat, ihren Ursprung, in dem Land, nach dem du immer wieder suchst. Dieses Land, dass du, Zeit deines Lebens, während deiner vielen verschiedenen Leben, versuchst zu finden, in diesem Land, in dieser Zeit, hat deine Seele ihren Ursprung. Es ist das wunderbare Reich, welches du immer wieder suchst, an das du tief in deinem Inneren glaubst. Die Erinnerung deiner Seele an dieses Reich wird in jedem Leben wieder durch Weltliches verdrängt, überschattet. Deine Seele kann sich nicht befreien. Die Medizin wird dir helfen, Anthanasius. Der Segen Abidans sei mit dir." Während er reglos auf der Liege verharrt und die Kontrolle über seinen Körper und seine Sinne komplett verloren hat, hört er tief in sich hinein. War es nicht schon immer so, dass er tief in sich drinnen auf der Suche war? Schon immer, so lange, wie er denken konnte, war er anders als seine Zeitgenossen gewesen. Nach außen hin hatte er merkwürdig gewirkt, oft war er einsam gewesen. Zweifel an seiner Existenz, an seinem Leben hatten ihn oft heimgesucht. In der Nacht hatte er oft Bilder gesehen, Bilder, die nicht wie Träume waren. Es waren andere Bilder, irgendwie real. Bilder, die er sich nicht erklären konnte. Trost und Zuflucht hatte er immer in seinen Büchern gefunden. Bücher, die ihm über frühere, antike große Kulturen und Völker erzählt hatten. Bücher, die für ihn ein Schatz waren. Bücher, die für ihn große Rätsel bargen. Ja, er war anders, Freunde hatte er keine, sie waren ihm alle zu oberflächlich, seine Altersgenossen. Das war schon in der Schule so gewesen. Auf der Suche nach Sonnentanz war er Juan begegnet, in ihm hatte er einen treuen Freund gefunden. War es wirklich Zufall, dass er ihm, ausgerechnet ihm, begegnet war? Gab es wirklich Zufälle? Oder folgte der Mensch immer unbewusst seiner Bestimmung? Wurde der Mensch unwissentlich von einer höheren Macht gelenkt? Einer Macht, die noch niemand erforscht hatte? Verständnis und Zuflucht hatte er bei seiner Mutter gefunden. Mit ihr hatte er die Faszination für die großen Völker geteilt. Eine große Kultur, ein großes Reich, hatte sie beide gleichermaßen fasziniert. Das große, sagenumwobene Reich Atlantis. Ständig hatten sie sich gefragt, wo und warum es wohl so tragisch geendet sei. Dass Atlantis existiert hatte, wussten sie. Sie konnten sich jedoch nicht erklären, woher sie das wussten. War es kein Zufall gewesen, dass er an jenem Tag, in dem kleinen Café irgendwo auf dieser Welt gesessen hatte? War es seine Bestimmung gewesen, dort Juan kennen zu lernen und mit ihm das aufregende Abenteuer Sonnentanz zu erleben. Waren sie einer höheren Macht gefolgt, die sie geleitet hatte? Konnte es wirklich sein, dass die Seele eines Menschen so viele Wandlungen durchmachen konnte? Gab es tatsächlich so etwas wie Reinkarnation, wie Wiedergeburt? Oft hatte er mit seiner Mutter auch darüber gesprochen, sie war sich jedes Mal sicher gewesen, wenn sie dieses Thema diskutierten. Sie war sich sicher, dass sie schon mehrere Male gelebt hatte, während er immer gezweifelt hatte.

Von sehr weit her hört er die Stimme des Alten. „Anthanasius, du bist der große Herrscher des Reiches Sonnentanz. Dein Glaube, deine Bestimmung, liegt bei Abidan, dem großen Gott des Lichts. Anthanasius, kehre zurück zu Abidan. Wende deine Seele nicht von ihm ab. Zu viel Leid hat deine Seele auf ihrer unendlichen Reise ertragen müssen. Die qualvolle Reise deiner Seele wird nicht enden, sie wird immer wieder auf die Suche gehen. Auf die Suche nach ihrem Ursprung. Abidan, der große Gott des Lichts, wird deine Seele wieder zu sich nehmen. Anthanasius, kehre zurück, zurück in dein

Reich Sonnentanz. Anthanasius, du bist der große Herrscher des Reiches Sonnentanz. Du suchst den Geburtsort deiner Seele, du wirst ihn finden. Du findest den Ursprung deiner Seele in Atlantis. Dem Reich, nach dem sich deine Seele sehnt, seit du dich von Abidan, dem großen Gott des Lichts, abgewandt hast. Kehre zurück, Anthanasius. Atlantis braucht dich. Deine Seele muss nach Atlantis zurückkehren um zu heilen. Anthanasius, du bist ein Atlantide, du bist der große Herrscher über das Reich Sonnentanz, das Reich Atlantis. Ja, du bist der Herrscher über dieses wunderbare Reich, in dem deine Seele geboren wurde. Kehre zurück, kehre zurück zu Abidan, dem großen Gott des Lichts, und deine Seele wird Ruhe finden." Adrian fühlt, wie sich seine Seele aus seinem Körper löst. Sie gleitet förmlich dahin, sein Bewusstsein verlässt seinen Körper. Er gleitet, nein, er schwebt durch den prunkvollen Raum, sieht den Alten, dessen Augen ihm ein Gefühl von Geborgenheit geben. Er sieht seinen Körper, den Körper von Adrian von Liechtenstein, auf der Liege ruhen, auf der er sich vor einiger Zeit gesetzt hat. Wer ist Adrian von Liechtenstein? Wem gehört der Körper, der reglos da auf der prunkvollen Liege ruht? Er ist es nicht. Er ist Anthanasius, der große Herrscher des magischen Reiches Sonnentanz. Dem Reich, in dem seine Seele ihren Ursprung hat. Ein Priester des Abidan, dem großen Gott des Lichts, ist er. Ein Abide, so die ehrenvolle Bezeichnung für einen Priester. Er ist Anthanasius, weiter betrachtet er den prunkvollen Raum, der in ein magisches Licht eingehüllt zu sein scheint. Er wird zurückkehren, zurück in sein Reich. Abidan, der große Gott des Lichts, wartet auf ihn, auf seine Rückkehr. Auf die Rückkehr des großen Herrschers von Atlantis. Schwerelos ist seine Seele. Eine Weile schwebt sie noch im Raum, im magischen Licht, dann begibt sie sich auf die Reise zu Abidan, dem großen Gott des Lichts.

„Anthanasius, bleibe deinem Geist treu." Seine Seele hat ihren Platz gefunden, er weiß gerade nicht, wo er sich befindet, aber seine Seele ist seltsam ruhig. Er fühlt sich entspannt. Schon hört er sich den Alten fragen, „bitte, erkläre mir, was ist meine Seele? Ich bin ratlos, ich kann es mir nicht erklären. Hilf mir, was ist mein Geist. Ich weiß es nicht. Bitte erkläre es mir." Ruhig spricht der Alte zu ihm, er ist noch immer in sein warmes, magisches Licht eingehüllt. „Du bist dein Geist. Deine Seele umhüllt deinen Geist, sie hütet ihn. Sie hütet dich und deine Taten. Deine Seele hat ihr Zuhause in deinem Körper. Wenn dein Körper altert und seinen Weg ins Unendliche geht, finden dein Geist, deine Seele ein neues Zuhause. Sie treten wieder zurück ins Leben, dem Leben, dem sie bestimmt sind. Es ist dir alles vorbestimmt, du wirst den Weg, der für dich, für deinen Geist, für deine Seele, bereitet ist, gehen. Hüte aber deinen Geist vor den Einflüssen, den dunklen Einflüssen. Diese schaden deiner Seele, sie überdecken deine Erinnerungen, sie hindern dich daran, den Weg, der dir vorbestimmt ist, zu gehen. Hüte dich davor, schade deiner Seele nicht. Bleib deinem Geiste treu, bleib Abidan, dem großen Gott des Lichts treu. Dann wird deine Seele Ruhe finden. Sie behütet deinen Geist. Dein Geist ist unsterblich, deine Seele behütet ihn. Und Abidan, der große Gott des Lichts, behütet deinen Geist. Wende dich nicht wieder von ihm ab. Vergiss nicht, du bist ein Abide, du folgst Abidan, dem großen Gott des Lichts. Du bist Anthanasius, der große Herrscher des großen wunderbaren Reichs Atlantis. Vergiss nicht, du bist ein Abide." Müde schließt der Alte für einen Moment seine Augen. Das magische Licht strahlt noch heller, noch wärmer, fast mystisch anmutend und erhellt den Raum, den eine sonderbare Magie erfüllt.

Irgendwo auf der Welt, vor einer Ruine, die mit zahlreichen Eingängen zum Entdecken einlädt, erwacht ein Mann, sein Name ist Juan, aus seiner Erstarrung. Er weiß nicht, was mit ihm passiert ist. Ein Blitz hat ihn getroffen, denkt er. Dann fällt es ihm ein, sein Freund! Sein Freund, Adrian von Liechtenstein, der verträumte Deutsche. Der vielleicht gar nicht so verträumt sein mag, wie er anfangs dachte, mittlerweile waren sie Freunde geworden, steckt noch in einem der Eingänge. Zurück gelassen hat er ihn, das Seil, das sie zur Sicherung benutzt hatten, liegt fein säuberlich aufgewickelt unter dem uralten Baum, an dem sie es befestigt hatten. Juan trifft es wie ein Blitz, sein Freund Adrian, wo ist er nur? Er muss ihn finden! Er muss ihn aus dieser Höhle, in der er ihn zurück gelassen hat, befreien. Er muss ihn nach draußen holen, an die frische Luft. Der Sauerstoff in der Höhle ist nicht ausreichend, um das Gehirn eines Menschen für lange Zeit zu versorgen, am Leben zu erhalten. Er muss verhindern, dass sein Freund einen qualvollen Tod stirbt. Entdecken wollten sie etwas Großes, etwas Unglaubliches, das große Reich Sonnentanz. Was haben sie gefunden? Nichts, womöglich hat einer von ihnen den Tod gefunden. Nein, entdeckt hatten sie doch etwas, jetzt fällt es ihm wieder ein, sie hatten unglaublich viele mystische Wandmalereien in der Höhle entdeckt. Und eine Nische, eine Nische, in der ein Geheimnis zu ruhen schien. Das Geheimnis könnte die Antwort auf seine Fragen sein. Eine Geschichte hatten sie entdeckt, eine Geschichte, deren Ende sie nicht mehr sehen konnten. Vielleicht hat Adrian das Ende der Geschichte entdeckt? Adrian, oh, mein Gott, er muss ihn suchen, ihn befreien. Falls er noch am Leben ist. Die mystischen Höhlenmalereien, die vielen Zeichnungen, sie rücken in seinen Gedanken in den Hintergrund. Er muss seinen Freund Adrian, befreien.

„Alter, hör mir zu. Du sagtest, meine Seele sei so alt wie die Welt. Sie suchte sich andere Hüllen, sagtest du. Hat meine Seele auch Platz in einem Körper, der nicht menschlich ist, gefunden? Alter, hat meine Seele schon in einem Tier, einer Pflanze oder einem Stein ein Zuhause, einen Platz gefunden? Alter, bitte sag es mir. Erkläre es mir. Bitte." „Anthanasius", der Alte lächelt milde. Der große Herrscher des Reiches Atlantis scheint wirklich alles vergessen zu haben, alles, was er seinerzeit im Tempel bei den Abiden, den Priestern des Abidan, dem großen Gott des Lichts, gelernt hat. „Nein, Anthanasius. Deine Seele ist groß, sie hat nur in menschlichen Körpern ein Zuhause gefunden. In Steinen, in Pflanzen, in Tieren oder in anderen Gestalten finden nur kleine Seelen ein Zuhause. Seelen, die klein sind, deine Seele jedoch, Anthanasius, ist groß. Unsere Welt, unser Universum benötigt auch die kleinen Seelen um das Universum im Gleichgewicht zu halten. Ehre daher jede Pflanze, jedes Tier, jeden Berg, jeden noch so kleinen Stein, ehre alles, was du vorfindest. In allem wohnt hat eine Seele ein Zuhause, in allem hat die innewohnende Seele eine Aufgabe. Die Aufgabe, die sie hat, ist groß. Gerät sie aus dem Gleichgewicht, durch dunkle Mächte von außen, durch Unwissenheit von menschlichen Gestalten, gerät unser Universum, unsere Welt aus dem Gleichgewicht. Das führt uns und die Welt in eine Katastrophe. Deine Seele, Anthanasius, hat von Abidan, dem großen Gott des Lichts, die Aufgabe bekommen, diese kleinen Seelen zu beschützen. Achte bitte stets darauf, dass du der Aufgabe deiner Seele folgst, der Aufgabe, die dir anvertraut wurde. Hüte deinen Geist vor dunklen Mächten, die versuchen werden, ihn zu ergreifen und Macht über ihn zu gewinnen. Bleib dir, deiner Seele und Abidan, dem großen Gott des Lichts, stets treu. So wirst du in der Lage sein, großen Schaden von unserer Welt, von unserem Universum abzuwenden."

In einem fernen Reich – Ashaya

Ein neuer Tag bricht an. Es wird ein großer Tag sein für alle Bewohner des Reiches Zunar. Alle Straßen und Gassen sind mit Blumen geschmückt, bunte Fahnen wehen im leichten Wind. Es ist eine Farbenpracht, dazu scheint die Sonne mit voller Kraft vom Himmel und lässt die Farben noch mehr leuchten. Die Bewohner des Reiches Zunar erwarten einen großen Gast, sie bereiten sich auf eine Hochzeit vor. Die feinsten Kleider tragen sie, Kleider aus weißen, leichten Stoffen, dazu leichte Sandalen aus edelstem Material. Goldene Ketten und Armreifen zieren die Frauen, die sich heute sehr viel Zeit genommen. Zeit, um sich her zu richten, sie tragen goldene Ketten am Hals, an den Arm unzählige goldene, dünne Armreifen, die wie eine zarte Musik zu hören sind, wenn sich die Trägerin bewegt. Man wartet auf die Ankunft eines Herrschers aus einem fernen Reich. Dieser Herrscher wird ihre Prinzessin Ashaya zur Frau nehmen. Der große Herrscher ist ein edler Mann, das wissen sie. Klug ist er, weise, man sagt, er sei ein Priester. Er sei ein Abide, ein Priester des Abidan, dem großen Gott des Lichts. Sie kennen Abidan nicht, haben noch nie gehört, dass es neben ihren Göttern auch noch andere gibt. Sie verehren viele Götter, haben ihnen Tempel gebaut. Prächtige Tempel, die von vielen Priestern gehütet werden, sind entstanden. Zu Ehren des Gastes haben sie einen neuen, noch größeren, noch prächtigeren Tempel, errichtet. Ja, sie wollen ihn willkommen heißen, den Herrscher des großen Reiches, das so weit entfernt ist. Dem Reiche Atlantis. Sie haben einen Tempel für den ihnen unbekannten Gott Abidan, dem großen Gott des Lichts, errichtet. Viele Baumeister, viele Arbeiter, waren einige Monate mit den Arbeiten beschäftigt. So wollen sie auch ihrer geliebten Prinzessin Ashaya ihre Hochachtung zeigen. Prinzessin Ashaya, die heiraten wird. Sie lieben ihre Prinzessin,

Ashaya, die so hübsch ist. Braunes, langes, lockiges Haar fällt über ihre Schultern, ihre Augen, tiefbraun, strahlen so hell und voller Freude, wenn sie mit ihrem Gefolge durch die Straßen zieht. Schlank, in ein weißes, zauberhaftes Gewand ist sie gehüllt, sie trägt ihren Schmuck, der sehr dezent wirkt, nicht zu viel, nicht zu übertrieben, wie es manch andere Prinzessin vor ihr getan hat. Das Volk jubelt ihr zu, oft fährt sie mit ihrem goldenen Streitwagen durch die Stadt. Für eine Prinzessin ihres Reiches ist das sehr ungewöhnlich, sie beherrscht auch die verschiedensten Kampfkünste, nach außen ist sie eine zarte Prinzessin, im Herzen aber ist sie eine starke Kriegerin. Was das Volk nicht weiß, was es aber schon lange vermutet, Prinzessin Ashaya hat auch einen eisernen Willen. Sie weiß sich durchzusetzen. Bei den zahlreichen Priestern, die in den Tempeln die Götter anbeten, die auch die Gesetze erschaffen und verkünden, seitdem ihr Vater vor einem Jahr verstorben ist, kann sie ihren Willen oft erzwingen. Das führt mehr und mehr zum Unmut bei den Priestern, sie wissen, Ashaya würde gerne selbst das Reich Zunar regieren. Aber das geht nicht, es ist unmöglich, dass eine Frau, auch wenn sie noch so stark ist, das Reich Zunar regiert. Die Priester wollen das Reich führen, eine Frau kann das nicht. Davon sind sie überzeugt. Eine Frau, eine Prinzessin muss heiraten und ihrem Mann eine gute Ehefrau sein. Nichts anderes. Ashaya hat lange versucht, sich gegen die übermächtigen Priester durch zu setzen, am Ende hat sie verloren. Es hat eine große Zusammenkunft aller Priester aus den verschiedenen Tempeln gegeben und man hat beschlossen, dass Ashaya heiraten müsse. Einen geeigneten Kandidaten hatten sie schnell ausgewählt. Er muss aus dem großen, mächtigen Reich Atlantis kommen. Anthanasius, der große Herrscher des Reiches Atlantis. Kein anderer kann in Frage kommen. Kein anderer kann das Reich Zunar regieren. Prinzessin

Ashaya wurde der Beschluss von Eragon, dem obersten Priester des Reiches überbracht. „Verehrte Prinzessin Ashaya", Eragon verneigt sich vor ihr, seine Diener, sein Gefolge wirft sich respektvoll der Länge nach vor ihr auf die Füße. Sie ist so hübsch, ihre Schönheit, wie aus einem Märchen. „Prinzessin Ashaya, der Beschluss ist gefallen. Du kannst unser Reich Zunar nicht allein regieren, du bist eine Frau. Dein Vater war ein mächtiger Mann, der unsere Götter verehrte, das Volk hat vor ihm und seinen Worten Respekt gehabt. Du bist eine Frau, du wirst niemals so stark sein, wie ein Mann, niemals so stark wie dein Vater. Du kannst dieses Reich nicht allein regieren. Du weißt, die Priester werden die Macht schnell an sich reißen. Sie werden das Reich regieren und befehligen, du allein bist nicht stark genug. Es wird ein Unglück geben, weil sich die Priester schon jetzt nicht über die Macht ihrer Götter einigen können. Es gibt nur eine Chance für dich, für den Fortbestand unseres geliebten Reiches zu sorgen. Du wirst heiraten. Dein zukünftiger Mann wird unser Reich regieren. Mit dieser Lösung bleibt die Macht im Herrscherhaus und es wird wieder Einigkeit und Harmonie herrschen." Prinzessin Ashaya reißt entsetzt die Augen auf. Heiraten soll sie? Sie will das Reich regieren, nicht heiraten und einem Fremden die Macht übergeben. Nein, sie will selbst das Reich Zunar führen. „Nein!" entfährt es ihren Lippen. „Nein, das kommt nicht in Frage, verehrter Eragon. Ich werde nicht heiraten, ich werde meine Macht nicht an einen Fremden abgeben. Ich bin die Prinzessin Ashaya, die Prinzessin unseres Reiches Zunar! Was fällt Euch ein, woher nehmt ihr, verehrter Eragon, Anführer und Oberster der Priester unseres Reiches, mit euren Priestern das Recht, über mein Leben, über meine Zukunft zu entscheiden? Niemals werde ich die Macht abgeben. Die Priester werden sie auch nicht erhalten. Niemals! Wir sollten das Volk entscheiden lassen." Eragon war sich sicher gewesen, dass die Prinzessin nicht so einfach auf den Beschluss eingehen würde, er wusste, dass sie einen sehr starken Willen hatte. Da sie aber das einzige verbliebene Kind des großen Herrschers war, musste er geschickt handeln, um sie zu besänftigen. Er hatte sehr viele Jahre ihrem Vater bei den vielen Regierungsgeschäften zur Seite gestanden. „Ach, wenn doch die Prinzessin Ashaya ein Mann wäre, alles wäre einfacher. Die Priester würden sie akzeptieren. Traurig, dass ihre Brüder bereits so früh ums Leben gekommen waren", was sollte er machen. Das starke, sehr willensstarke Blut ihres Vaters floss nun einmal in ihren Adern. „Prinzessin Ashaya, meine Verehrung. Der Beschluss der Priester legt fest, dass du heiraten musst. Es gibt auch schon einen Auserwählten, einen sehr mächtigen Mann. Er ist noch jung, herrscht aber schon seit einigen Jahren mit gütiger, liebevoller Hand über sein Volk. Die Priester haben bereits einen Botschafter geschickt, der ihm die freudige Kunde überbringt. Es gibt kein Zurück, es ist beschlossene Sache. Füge dich in dein Schicksal und es wird für unser Reich, dem Reich Zunar, dass wir alle so lieben, nur von Vorteil sein. Ich vertraue dir jetzt etwas an, ein Geheimnis, das dir helfen wird, die Macht über unser Reich zu behalten. Anthanasius, so ist sein Name, der große Herrscher des Reiches Atlantis, ist im Herzen, in seinem Geist, ein feiner Mann. Er ist trotz seines jugendlichen Alters sehr weise, aber sein Herz gehört seinem Gott, dem Gott Abidan, dem großen Gott des Lichts. Er ist schwach, schwach, durch die Verehrung des Gottes Abidans. Es wird für dich ein Leichtes sein, die Macht über ihn zu bekommen. Du wirst ihn beeinflussen können, deine Wünsche, deine Ziele, wird er weiter geben an das Volk. Die Priester verlieren ihren hohen Stand, den sie sich angeeignet haben. Es liegt an Dir. Sei klug und heirate ihn. Er ist im Geiste ein feiner Mann, er wird sich deiner Schönheit nicht erwehren können. Du bist stark, er hingegen ist schwach. Deine

Schönheit, deine Klugheit wird ihn schnell für dich zum richtigen Werkzeug werden lassen. Du teilst ihm des Nachts mit, was du wünschst, welche Gesetze erlassen werden sollen, alles über unsere Regierungsgeschäfte, er wird sie am Tage dem Volk und den Priestern vortragen. Du kannst nur gewinnen, du bist die Frau an der Seite des neuen Herrschers. Dem Herrscher, der deine Macht, deine Wünsche ausführt. Sieh ihn nicht als deinen Gemahl, sieh ihn als dein Werkzeug. Die Macht wird bei dir bleiben." Eragon verneigt sich ehrfürchtig vor seiner Prinzessin Ashaya, er hofft, dass sie auf diese Ehe, diese Ehe, die ihr die Macht über das große Reich Zunar, dass sie alle so lieben, eingehen wird. „Verehrter Eragon, meinst du, das wird funktionieren? Du weißt, ich liebe unser Reich. Ich möchte über unser Reich herrschen. Ich, nur ich, kann über unser Reich herrschen. Denkst Du wirklich, verehrter Eragon, dass er ein willenloses Werkzeug sein kann. Ein Werkzeug, über das ich nach Belieben verfügen kann? Denkst du es wirklich?" Eragon gibt seinem Gefolge ein Zeichen, es soll den Raum verlassen, jetzt ist es an der Zeit, vertrauensvoll mit der Prinzessin Ashaya zu sprechen. „Sei dir sicher. Anthanasius ist verloren in seiner Verehrung, seiner Liebe zu seinem großen Gott des Lichts, dem Gott, den sie Abidan nennen. Er ist ein Abide. Vor deiner Schönheit wird er sich verneigen, für dich, für unser Reich, wird er alles tun. Alles, was du wünschst, wird er für dich tun. Sei dir sicher. Abidan, der große Gott des Lichts, der in seinem Herzen wohnt, den er so verehrt, hat ihn zu einem weichen Mann gemacht. Sein Volk Atlantis folgt ihm voller Hingabe, aber nur, weil alle Atlantiden Abiden, Anhänger des großen Abidan, sind. Es kann dir nichts passieren, diese Heirat wird deine Macht über unser Reich nicht nur stärken, nein, sie wird sie verdoppeln. Vertrau mir, gehe auf diese Ehe ein, es gibt kein Zurück mehr. Der Botschafter ist schon entsandt, in wenigen Tagen wird Anthanasius eintreffen.

Aber sei geschickt, handele so, wie ich es dir geraten habe. Verzaubere ihn mit deiner Schönheit, mit deiner Klugheit, nimm dich aber zur rechten Zeit zurück. Er muss denken, dass er derjenige ist, der über das Reich herrscht. Sei geschickt und die Macht wird bei dir liegen. Als Braut an der Seite eines starken Herrschers wirst du zur Königin werden. Die Priester werden die Eheschließung vollziehen und dich als Königin respektieren. Sie werden nicht merken, dass du weiterhin die Macht hast. Sie werden denken, Anthanasius sei ihr König, ihr Herrscher. Sie werden sich vor ihm verneigen, während du neben ihm, als Königin, ihren vollen Respekt erhalten wirst. Sie werden seine Anweisungen fraglos folgen. Du musst nur sehr klug und weise handeln, dann kannst du unser Reich in eine große, eine erfolgreiche Zukunft steuern. Du wirst die mächtigste Frau, die mächtigste Herrscherin sein, die es jemals gegeben hat. Nur Anthanasius darf nicht merken, welche Macht du über ihn hast. Vergiss nicht, sei klug, handele geschickt. Verzaubere ihn mit deiner Schönheit." So schließt er seine Rede, seine Botschaft. Am Ende hat er Prinzessin Ashaya überzeugt, „Eragon, ich danke dir für deine Botschaft. Du hast Recht, du weißt, was ich wünsche. Ich werde diese Ehe eingehen, eine Ehe zum Wohle unseres geliebten Reiches Zunar. Sobald sich der fremde Herrscher Anthanasius in unserem Reich befindet, wird die Hochzeit stattfinden und ich werde unser Reich in die Zukunft führen. Eine Zukunft, die uns viel Reichtum und Macht verspricht. Eine Zukunft, die alle Bewohner unseres Reiches sich wünschen. Einer Zukunft, die uns alle glücklich macht. Und ich werde die Herrscherin sein." Sie weiß, dass das Volk sie verehrt und liebt. Wie werden sie sie erst lieben und verehren, wenn sie die Königin ist. Die Königin, nicht mehr die Prinzessin Ashaya. Wenn sie erst einmal die Königin dieses Reiches ist, wird sie herrschen. Königin Ashaya, ja, so soll es denn doch sein.

Anthanasius ist seit einigen Tagen auf der Reise. Auf einer Reise, die sein Leben verändern wird. Geehrt fühlt er sich, er wird heiraten. Die Priester aus dem Reiche Zunar wollen ihm ihre Prinzessin, Prinzessin Ashaya, zur Frau geben. Mit dieser Heirat wird sich sein Leben verändern. Lange schon hatte seine Mutter ihn gedrängt, den Bund der Ehe einzugehen. Bisher hatte er sich noch nicht zu diesem großen Schritt entschließen können. Er herrscht über ein großes Reich, dem Reich Atlantis, für ihn muss eine Eheschließung wohl überlegt sein. Die Frau, die ihm seine Hand reicht, wird eine Königin, eine Herrscherin sein. An seiner Seite wird sie gemeinsam mit ihm über das Reich Atlantis herrschen. Er liebt sein Volk, er liebt sein Reich. Dieses Reich birgt jedoch eine große Aufgabe, eine große Verantwortung. Dessen ist er sich, trotz seiner jungen Jahre, bewusst. Früh hatte er diese große Aufgabe übernommen, sein Vater, der Zeit seines Lebens über Atlantis geherrscht hatte, war vor einer schweren Krankheit erlegen. Er hatte ihm die Macht, die Herrschaft über das Reich übertragen. Mit liebevoller, strenger Hand hatte er das Reich geführt und geleitet. Die Atlantiden hatten ihn geliebt, nach einer großen Staatstrauer um den geliebten Herrscher, die über ein Jahr lang angedauert hatte, war er von Abijah, dem größten Priester Abidans, Abidans, dem großen Gott des Lichts, dem das Volk der Atlantiden folgte, den es verehrte, in den Herrscherstand erhoben worden. „Abijah, bitte gib, das ich auf dem rechten Weg bin. Bitte Abidan, den großen Gott des Lichts, um seinen Segen für meinen Weg. Bitte ihn um seinen Segen für diese Heirat." Leise Zweifel machen sich in ihm breit, wie von Ferne erinnert ihn eine Stimme daran, dass der Botschafter des Reiches Zunar ihm erklärt hatte, dass das Volk viele Götter anbetete, es folgte vielen Göttern. Von Abidan, dem großen Gott des Lichts, hatten sie bisher noch nichts gehört. Er hatte dem Botschafter die Tempel gezeigt, Abijah hatte den

Botschafter eingeweiht, eingeweiht in das Wissen um Abidan. Der Botschafter hatte verständnisvoll alles in sich aufgenommen und versprochen, dass er sofort nach seiner Rückkehr in Zunar einen Tempel zu Ehren des Gottes Abidans, dem großen Gott des Lichts, errichten lassen würde.

Wunderschön soll sie sein, die Prinzessin Ashaya, die er ehelichen wird. Braunes gelocktes Haar, tiefbraune Augen, klug und weise. Anthanasius fühlt, wie sein Herz in seiner Brust etwas schneller schlägt, als er sich mit seinem Gefolge, das aus vielen hundert Männern seines Reiches Atlantis besteht, den Grenzen des Reiches Zunar nähert. Sie haben noch eine Wegstrecke von einem Tag vor sich, bevor sie das Reich betreten werden. Zunar, dem Reich, das in wenigen Tagen mit dem großen wunderbaren Reich Atlantis vereint sein wird. Er wird seine Braut nach Hause führen, in seinen Palast, in seine Heimat Atlantis. Sie werden über beide Reiche gerecht und liebevoll herrschen. Die Straßen und Gassen des Reiches Zunar sind reich geschmückt. Blumen in den prächtigsten Farben säumen die Straßen und Gassen, kleine Fähnchen, die sachte im Wind wehen, tun ihr Übriges. Die Sonne strahlt vom Himmel, als würde sie wissen, dass heute ein besonderer Tag ist. Wenn zwei Königskinder sich die Hand reichen, wenn sie heiraten, wenn zwei Reiche zu einem großen vereint werden, freut sich auch der Himmel. Die Bewohner des Reiches Zunar sind voller Freude, sie erwarten ihn, ihn Anthanasius, den großen Herrscher des Reiches Atlantis. In ihre feinsten Gewänder haben sie sich gehüllt, während sie ihm bei der Einfahrt in ihr Reich, eng gedrängt an den Straßen und Gassen stehend, zu jubeln. Voller Freude begrüßen sie ihn, ihn Anthanasius. Wie mag wohl seine Braut, die Prinzessin Ashaya, aussehen? Wie wird sie ihm begegnen? Leichte Nervosität packt Anthanasius. Schön soll sie sein, wunderschön und klug, hatte der Botschafter ihm gesagt. Und sie geben sie mir zur Frau. So eine große Ehre. Meine Mutter wird glücklich sein, mein Volk wird unser Volk sein. Ja, es war wirklich an der Zeit, dass eine Frau, eine Frau, die er zur Königin machen würde, an seine Seite tritt. Für dieses wunderbare Reich, dass nun entstehen würde, musste es Nachkommen geben. Dieses Reich Atlantis sollte noch in vielen Ewigkeiten bestehen.

Anthanasius betritt, in Begleitung von Abijah, seinem treuen Freund, Lehrer, Berater und Ratgeber, den Palast der Prinzessin Ashaya. Voller Verehrung verneigen sich die Palastwachen vor ihnen. Hier wird er sie gleich kennen lernen. Er ist in sein allerfeinstes Gewand gehüllt, trägt den prachtvollen, goldenen Schmuck seiner Familie dazu. Ein stattlicher junger Mann ist er. Die Prinzessin Ashaya kann sich glücklich schätzen, ihn zum Mann zu bekommen und mit ihm gemeinsam zu herrschen. Gemeinsam schreiten beide durch die breiten Gänge des Palastes, begleitet werden sie von einigen wenigen Wachen, die ihnen den Weg zum Gemach der Prinzessin Ashaya weisen. Der Palast zeugt von einem sehr guten Geschmack, er ist reich ausgestattet. Von zarten Grünpflanzen umrankte goldene Säulen zieren die Gänge. Zwischen ihnen sind prachtvolle Gemälde zu sehen. Die Gemälde stellen die vielen verschiedenen Götter dar, denen das große Reich Zunar Respekt zollt. Wunderschöne Möbelstücke zieren die Gänge, laden zum Verweilen ein. Anthanasius hat keinen Blick für diese Pracht, er will seine Braut, die Prinzessin Ashaya, die zukünftige Königin des großen Reiches Atlantis, kennen lernen. Es ist an der Zeit. Als hätte der Anführer der Palastwachen seine Gedanken gelesen, öffnet er eine breite Tür, die aus edelstem Holz sehr aufwendig gearbeitet ist und bedeutet den beiden, einzutreten. Ein letztes Mal verneigt er sich vor Anthanasius und Abijah.

Dann zieht er sich zurück und schließt die Tür. Zu ihnen tritt Eragon, der Oberste der Priester des Reiches Zunar. Prüfend sieht er ihm in die Augen, dann verneigt er sich tief vor ihm. „Seid willkommen, oh, Anthanasius, Herrscher des großen Reiches Atlantis, seid willkommen. Seid willkommen in unserem Reich Zunar. Und ihr, Abijah, Oberster Priester des großen Gottes Abidan, dem großen Gott des Lichtes, ich heiße euch beide willkommen. Die Prinzessin Ashaya erwartet euch bereits. Er führt die zwei Männer in einen Tempel, in dem die Prinzessin Ashaya ihn mit ihrem großen Gefolge, das aus zahlreichen Hofdamen besteht, ihn erwartet. Sie gibt ein Zeichen, die Hofdamen verneigen sich und verschwinden dann lautlos aus dem Tempel. Abijah und Eragon werden die Trauungszeremonie vollziehen, so ist es vorgesehen. „Anthanasius, großer Herrscher des Reiches Atlantis, nimm die Hand der Prinzessin Ashaya, nimm sie und verbinde dich mit ihr. Ich übergebe dir im Namen unseres Volkes, im Namen unserer Priester, unsere Prinzessin Ashaya. Mögen die Götter euch ein glückliches Leben gewähren. Anthanasius, großer Herrscher über zwei Reiche, dass ihr mit dieser Eheschließung vereinen werdet." „Prinzessin Ashaya, nimm die Hand deines Mannes, des großen Herrschers über Atlantis. Verbinde dich mit ihm, sei ihm eine gute Ehefrau, stehe im treu zur Seite, stärke ihn. Er herrscht über ein großes Reich, ein Reich, bleibt immer euren Herzen treu." Der Moment in dem Anthanasius den Schleier seiner Braut lüftet ist gekommen, sofort ist er verzaubert, sie ist wunderschön, viel schöner noch, als man ihm beschrieben hatte. Sein Herz brennt voller Liebe für sie. Er sieht in ihre tiefbraunen Augen und ist für einen Moment der Welt entrückt. Ashaya, seine Ehefrau, sieht ihn an. Es ist ein magischer Moment, in dem sich die zwei Königskinder zum ersten Mal in die Augen schauen können. Beide verspüren eine tiefe Liebe zueinander. „Ich kann ihn lieben", denkt Ashaya. „Er scheint nicht so schwach, wie Eragon behauptet hat. Er ist ein Mann, nein, er kann nicht schwach sein. Ich werde ihn lieben." Abijah reicht seinem Herrscher zwei goldene Armreifen, in die ein edler Achat eingearbeitet ist. „Anthanasius, reiche deiner Frau nun dieses Band, das euch für immer, bis in alle Ewigkeit verbinden wird. Ashaya, reiche deinem Mann nun auch dieses Band der ewigen Verbindung. Für alle Zeiten seid ihr nun miteinander verbunden. Das Dunkle wird immer wieder versuchen, euren Bund zu zerstören. Bleibt wachsam und eurem Geist treu. Abidan, der große Gott des Lichts, hat euch diesen Achat geschenkt, mit seiner magischen Kraft hat er ihn zerteilt. Solltet ihr euch einmal in den vielen Ewigkeiten verlieren, wird euch der magische Stein helfen, euch wieder zu finden. Abidans Segen sei mit euch, für jetzt und für alle Ewigkeit." So spricht er, während Eragon etwas verwirrt drein schaut. Eine Heirat im Reiche Zunar ist anders, dort huldigt man vielen Göttern, dieser in zwei Teile gebrochene Stein soll das junge Paar für alle Ewigkeiten verbinden? „Nun denn, möge es so sein. Ashaya wird ihr Ziel nicht aus den Augen verlieren", er nickt zustimmend und verneigt sich vor dem jungen Paar. Gemeinsam, Hand in Hand, verlassen sie den Tempel, in dem vor wenigen Momenten zwei Reiche zu einem vereint wurden. Ein unaufhaltsamer Jubel ertönt vom Volk, Frauen werfen die schönsten Blüten, Männer tanzen gemeinsam in den Straßen, während ihre Kinder sich nach den Süßigkeiten bücken, die von seinem Gefolge in die Menge geworfen werden. Es ist ein großer Tag, ein Tag, der nie vergessen sein wird. Ein großes Fest, das Volk feiert das große Fest eine Woche lang, bis sie endlich alle müde geworden sind. Glücklich sind sie, diese Heirat hat nicht nur das junge Brautpaar glücklich gemacht, nein, das gesamte Volk ist glücklich. Sie lieben dieses junge, hübsche Herrscherpaar und blicken froh in die Zukunft.

Anthanasius und Ashaya bereiten sich, nachdem sie viele Tage lang ihre neue Liebe, von der sie beide nicht geglaubt hatten, dass sie so etwas Magisches jemals erleben würden, gefeiert haben, auf ihre große Reise vor. Ins Reich Atlantis geht es, Anthanasius ist der große Herrscher, Ashaya, die Königin an seiner Seite. Sie werden ihre gemeinsame Zeit im Palast des Atlantiden verbringen. So ist es von den Priestern beschlossen. Anthanasius weiß, dass er bald nach der Rückkehr in sein Reich eine große Prüfung, die ihn seinem Gott Abidan, dem großen Gott des Lichts, näher bringen wird, antreten muss. Abijah hat ihn gründlich darauf vorbereitet, antreten muss er sie selber, muss er allein. Er verspürt keine Angst, Dankbarkeit ist es, die er tief in seinem Herzen fühlt. Dankbarkeit dafür, dass die Zeit gekommen ist, Abidan seine große Ehre zu erweisen. Ihm, dem großen Gott des Lichts, noch mehr dienen zu können. Er wird nicht mehr der alte Anthanasius sein, wenn er diese Prüfung abgelegt hat. Das ist ihm klar. Stark im Herzen wird er sein, Abijah hat es ihm so erklärt, sein Geist wird stärker sein, sein Herz wird vom großen Gott geleitet sein. Sein Geist muss stark sein, er ist der Herrscher über ein großes Reich, noch mächtiger mit dieser Eheschließung. Vor dunklen Mächten muss er sich und sein Reich schützen. Seine Frau Ashaya wird es verstehen, da ist er sicher, auch wenn Abijah leise Zweifel geäußert hat. „Anthanasius, sie verehrt so viele verschiedene Götter. Es bereitet mir Sorge, wird sie Abidan respektieren können? Wird sie deine Reise ins Licht respektieren? Eragon hat es zugesichert, aber ich sehe, Ashaya ist stark, hoffentlich bleibt ihr Geist recht geleitet und sie lässt das Dunkle nicht an ihren Geist." „Abidan wird auch ihren Geist stärken, er wird sie mit seinem Licht einhüllen und erhellen" beruhigt Anthanasius den besorgten Priester. Kurz nach der Ankunft in seinem Palast wird dem Gefolge der Ashaya sein Platz angewiesen. Man hat viele helle Häuser mit großen, hellen Räumen errichtet. Die neuen Bewohner sollen sich wohl fühlen. Atlantiden jedoch können sie nicht werden. Ihre Herzen sind von den vielen Göttern, die sie anbeten, verwirrt. Trotzdem bringen die Atlantiden ihnen ihren Respekt entgegen. Überrascht sind sie, überwältigt von dem großen Reichtum im Reich. Überwältigt von den edlen Atlantiden, die so weise und klug sind. Die Atlantiden fühlen anders als sie, sie scheinen mehr mit ihrem Geist zu fühlen, ihre Herzen scheinen anders zu sein, als seien sie von einem besonderen Licht erleuchtet. Sie staunen, die Atlantiden leben im Einklang mit ihren Tieren und der Natur. Tiere leben in den Gärten, spazieren durch die breiten, von großen Bäumen gesäumten Straßen, Tiere werden von den Atlantiden freundlich und liebevoll behandelt. Sie sprechen mit den Tieren, niemals töten sie ein Tier. Niemals pflücken die Atlantiden eine der wunderschönen Blumen, die hier so zahlreich in den verschiedensten Farben blühen und einem bunten Meer gleichen. Die Atlantiden scheinen im totalen Einklang mit ihrer Welt zu leben. Sie bewegen nicht einmal einen Stein vom Fleck, wenn er ihnen im Weg liegt. „Anthanasius, mein Geliebter", längst hat Ashaya ihren Mann lieben gelernt, „warum seid ihr Atlantiden so? Ihr habt so feine Gemüter, das überrascht mich, es ist mir fremd. In Zunar haben wir ständig Blumen gepflückt, die Arbeiter haben Bäume gefällt um sie zu verarbeiten, Tiere dienen als Nahrung, nicht als Freund in unserem Reich. Wir bewegen Felsen und Steine aus dem Weg, wir benutzen sie zum Bauen der großen Tempel. Warum machen die Atlantiden das nicht?" „Ashaya, meine Teuerste. Ich will es dir erklären. Es ist eigentlich ganz einfach. In jedem Lebewesen, in jeder Pflanze, in jedem Tier, ja, sogar in jedem noch so kleinen Stein, wohnt eine Seele. Es ist uns verboten, diese Seelen durch unser Eingreifen zu beschädigen oder zu zerstören. Abidan, unser großer Gott des Lichts, hat uns dieses Gesetz in unseren Geist gegeben. Wir Atlantiden dürfen nicht in die große Schöpfung Abidans eingreifen. Alles hat eine Seele, einen Geist, das respektieren wir. Wir respektieren den Willen und die Gesetze Abidans. Unsere Welt, unser Universum, wird aus den Fugen geraten, es wird eine Katastrophe geben, wenn wir Atlantiden diese ungeschriebenen Gesetze übertreten. Versuch bitte zu verstehen, dass alles, aber auch wirklich alles, eine Seele hat. Wir dürfen diese Seelen nicht angreifen, verletzen oder zerstören. Das würde eine Katastrophe hervorrufen. Abidan kann einen Atlantiden, der diese Gesetze missachtet, nicht mehr erleuchten. Atlantis würde untergehen. Bitte achte darauf, meine Liebste, dass auch die diese Gesetze immer und zu jeder Zeit beachtest. Respektiere den Willen Abidans und er wird auch dich erleuchten." „Mein Geliebter, aber die Speisen? Wir nehmen die edelsten Speisen zu uns, woher kommt eure Nahrung? Es ist doch oft feinstes Getreide, Gemüse und das süßeste Obst, was wir zu uns nehmen. Zartes Gebäck, für das Mehl gebraucht wird, edle Säfte und wunderbare Weine. Die Kräuter, die zur Heilung benötigt werden, alles wird geerntet. Damit greifen die Bauern doch in das große Werk ein, sie müssen doch ihre Ernte einbringen. Das verstehe ich jetzt nicht. Wir müssen doch Nahrung zu uns nehmen." Fragend sieht Ashaya ihren Liebsten an. „Du hast Recht", erwidert er. „Hör zu, die Atlantiden sind etwas Besonderes. Das hast du schon bemerkt. Wir sind ein besonderes Volk. Unsere Bauern wissen genau, wann die Seele die Pflanze verlassen hat. Sie erkennen es, wenn die Pflanze ausgewachsen ist, wenn ihre Früchte reif sind, verlässt die Seele die Frucht und sucht sich einen neuen Platz, an dem sie weiter gedeihen kann. Abidan gibt den Bauern das Wissen um die Pflanzen, sie können erkennen, wann es so weit ist. Das Licht der Pflanze verlischt, sobald Abidan die Seele entweichen lässt. Erst dann ernten die Bauern das Getreide, das

Gemüse und die Früchte. Es ist ein wunderbarer Prozess, den nur Abidan lenken kann. Unsere Bauern sind weise Menschen, sie wissen, wenn die Zeit gekommen ist." „Was ist mit den Tieren? Du sagtest, in ihnen wohnt auch eine Seele? In Zunar werden die Tiere für den Verzehr gezüchtet oder zum Nutzen des Menschen gehalten, in großen Ställen oder auf den Weiden. Warum leben die Tiere hier in eurer direkten Nähe. Ja, sie leben hier sogar, gleich wie Menschen, in den Tempeln oder weiden auf den weiten Flächen, die nicht einmal durch einen Zaun abgegrenzt sind?" „Wir Atlantiden lieben die Tiere, wir respektieren sie. Niemals darf ein Tier getötet werden, sollte ein Atlantide das Fleisch eines toten Tieres zu sich nehmen, wird das Licht Abidans in ihm für immer erlöschen. Abidan, unser großer Gott des Lichts, hat die Tiere mit einer Seele ausgestattet, wir Atlantiden haben großen Respekt vor jeder Seele, sei sie noch so klein. Es ist uns unmöglich, ein Tier zu verspeisen. Wenn ein Tier stirbt, verlässt die Seele sofort ihre Hülle, den Körper des Tieres. Es ist nur noch Aas, totes Fleisch, eine tote Hülle, eine Leiche. Wir Atlantiden können es nicht verwinden, Leichenteile zu verzehren. Das verbietet uns Abidan. Er, unser großer Gott des Lichts, versorgt uns mit allem, was wir zum Leben benötigen. Er versorgt uns mit Liebe, mit Licht, mit frischem Wasser, mit ausreichend Getreide und anderen edlen Genüssen. Er würde es niemals akzeptieren, dass ein Atlantide einen Teil einer Leiche verspeist. Niemals, bitte merke dir das, darf ein Tier getötet werden. Die Tiere leben hier bei uns gleichberechtigt, wir zollen ihnen Liebe und Respekt. So will es Abidan." Ernst schaut Anthanasius seiner geliebten Ashaya in die braunen Augen, „hast du die große Lehre, die große Weisheit unseres großen Gottes Abidan erkennen und verstehen können? Wir Atlantiden verehren nur den einen Gott, den Gott Abidan, unseren großen Gott des Lichts. Ich weiß, dein Volk verehrt viele verschiedene Götter. Atlantiden können nicht töten, Abidan schenkt uns alles, was wir für ein erfülltes Leben brauchen. Es heißt in Abidans großem Gesetz, dass eine Seele, die ihre Hülle verlassen musste, bevor sie von Abidan dazu bestimmt wurde, heimatlos durch das Universum irrt. Erst Abidan, der große Gott des Lichts, bestimmt, wann der Zeitpunkt gekommen ist. Eine verirrte Seele kann großes Unheil über uns bringen, bitte vergiss das nicht." Ernst sieht Anthanasius seine geliebte Ashaya an. Ein wenig scheint er der Welt entrückt zu sein. Er weiß, bald steht seine nächste große Prüfung, die ihn Abidan noch näher bringen wird, die ihn erleuchten wird, bevor.

Die unbekannte Gefahr

„Anthanasius", Abijah verneigt sich vor seinem Herrn. Ehrfürchtig erhebt er sich aus seiner Verbeugung. „Anthanasius, oh edler Herrscher. Es ist so weit. Die Zeit für deine Prüfung ist gekommen. Abidan, unser großer Gott des Lichts, hat mir ein Zeichen gegeben. In der Nacht, als ich mich in tiefsten Träumen befand, hat er mich heim gesucht. Bist du bereit? Bereit, unserem großem Gott Abidan zu huldigen, ihm deine große Verehrung zu beweisen? Bist du bereit?" Anthanasius ist bereit. Er ist von einer großen Erwartung erfüllt. Keiner der Eingeweihten hat jemals über die Prüfung gesprochen, alle sind nach einer langen Zeit verändert zu den Ihrigen zurück gekehrt. Sie scheinen wie von einem hellen Licht erfüllt. Alle negativen Gefühle wie Hass, Neid und Gier, alles scheint wie ausgelöscht. Sie strahlen Liebe und Licht aus. Was mag ihn während der großen Prüfung erwarten? Voller freudiger Erwartung und stillem Vertrauen folgt er dem edlen Priester Abijah, der ihm immer wieder ein treuer Berater, ein väterlicher Freund geworden ist. Gemeinsam betreten sie den Tempel Abidans. Abijah führt ihn durch die vielen hell erleuchteten Räume, Anthanasius war nicht bewusst gewesen, dass der Tempel seines Gottes so groß ist. Am Ende aller hellen Räume öffnet Abijah eine Tür, eine Tür hinter sich ein dunkles Nichts befindet. „Anthanasius, oh mein edler Herrscher, hör zu. Hier wirst du verweilen, Abidan wird dich erleuchten, wenn deine Zeit gekommen ist. Gehe in dich, meditiere und bete zu Abidan, erweitere dein Bewusstsein. Abidan wird bei dir sein." Anthanasius ist überrascht. „Abijah, wie lange werde ich verweilen? Es ist so dunkel, ich wusste nicht, dass es ein so großes Dunkel geben kann." „Sei unbesorgt", entgegnet Abijah, der große edle Priester des Gottes Abidan. Fürchte dich nicht vor der Dunkelheit. Das ist die Prüfung, du musst deinem Geiste treu bleiben, dann wird Abidan dich finden und erleuchten. Du kannst diese Erleuchtung nur erlangen, wenn du von allem, allem, was dein derzeitiges Leben bestimmt, für eine Zeit getrennt bist. Wenn dein Geist stark genug ist, wird er dich vor allem Dunklen schützen und Abidan wird über dich wachen. Du findest im hinteren Teil des dunklen Gemachs ein wenig Brot, einfaches Brot, nicht aus dem edlen Getreide, welches du gewohnt bist, zu dir zu nehmen. Einfaches Brot, wie es auch unsere Arbeiter, unsere Bauern zu sich nehmen. Ein wenig Wasser findest du, Wasser, das du einem einfachen Tonkrug trinken wirst. Hier findest du keine Trinkgefäße aus edlen Metallen. Nein, die Einfachheit, die Trennung von allem Weltlichen, wird dir helfen, die Erleuchtung Abidans zu erlangen. Du wirst fühlen, wenn er sich deines Geistes bemächtigt. Sei voller Vertrauen und Zuversicht. Abidan wird mir eine Botschaft senden, wenn sein Werk vollbracht ist." Abijah verneigt sich ein letztes Mal vor seinem Herrscher, dann schließt er die Tür zum Dunklen. Er bittet Abidan um die Erleuchtung für seinen Herrscher, dann geht er zurück durch die vielen hellen, großen Räume des Tempels.

Eine lange Zeit ist Anthanasius nun schon fort, Ashaya, seine Ehefrau weiß nicht, wo er ist. Verschwunden ist er, einfach verschwunden. Sie weiß sich keinen anderen Rat, als den obersten Priester des Volkes Zunar einzubestellen. „Verehrte Ashaya", Eragon betritt den großen prunkvollen Saal, in den Ashaya ihn geladen hat. „Verehrte Herrscherin. Was kann ich für dich tun?" Kann er schon hoffen, dass der Zeitpunkt an dem sie die Macht übernehmen können, gekommen ist? Oder warum hat Ashaya ihn zu sich rufen lassen? „Verehrter Eragon, wisse, mein geliebter Mann, der große Anthanasius ist verschwunden. Keine Nachricht, keine Botschaft an mich hat er zurück gelassen. Wo mag er sein? Eragon, kannst du mir das erklären? Nicht eine

Nachricht. Der große Priester Abijah wurde auch schon lange nicht mehr gesehen, hast du eine Erklärung?" Eragon verneigt sich tief, „verehrte Ashaya. Bitte verzeihe mir, ich weiß nicht, was geschehen sein kann. Entschuldige, mein Wissen reicht nicht aus, hier eine Erklärung zu finden. Lass uns einige Tage warten, um zu sehen, ob dein verehrter Mann wieder auftaucht. Wir sollten versuchen, heraus zu finden, wo sich Abijah aufhält. Vielleicht hat er eine Erklärung für das plötzliche Verschwinden deines Ehemannes. Gleichzeitig werde ich aber auch die Wachen des Palastes aussenden, um nach dem Verbleib deines werten Ehemanns zu forschen." Voller Sorge um ihren geliebten Ehemann sieht Ashaya den großen Priester an. „Eragon, wenn wir ihn nicht finden…ich weiß nicht, was geschehen wird. Wenn mein Ehemann nicht mehr am Leben sein sollte, werden die Priester versuchen, die Macht an sich zu reißen. Das müssen wir verhindern. Wir müssen Anthanasius finden, sollte er verschwunden sein, wird es nicht nur mein Herz zerreißen, es wird auch unser Reich zerstören. Die Priester werden über uns regieren. Das darf nicht geschehen." Traurig sieht sie ihn an. Sie weiß, sollte ihr geliebter Ehemann nicht gefunden werden, stünde es schlecht um sie. Die Priester des Reiches Zunar würden versuchen, die Macht über das große Reich zu übernehmen. So, wie sie es schon versucht hatten, als ihr geliebter Vater seine letzte große Reise angetreten hatte. Nein, Anthanasius musste schnell gefunden werden.

Während dessen ruht Anthanasius in seinem düsteren, einfachen Gemach auf einer Liege. Er hat die Augen geschlossen. Viele Gedanken beschäftigen ihn. Die einfachen, kargen Nahrungsmittel befreien ihn auf seltsame Weise. Sie befreien ihn von allen weltlichen Genüssen, die er bisher zu schätzen gewusst hatte. Nach Stunden, die er im Dunkel verbracht hatte, hatte sich zuerst sein Magen gemeldet, mit gutem Appetit hatte er ein wenig von dem einfachen Brot zu sich genommen. Wunderbar hatte es ihm geschmeckt, ein kleiner Schluck vom Wasser aus dem einfachen schlichten Tonkrug hatte den Genuss vollendet. Jetzt ruht er auf seiner harten, einfachen Liege. Er lässt seinen Gedanken freien Lauf. Es ist dunkel um ihn. Er ist voller Vertrauen, Vertrauen in seinen Gott Abidan, der ihn, wenn der richtige Zeitpunkt gekommen ist, erleuchten wird. Seine Gedanken kreisen um seine Ehefrau, Ashaya, die er aufrichtig liebt. So ein liebreizendes Geschöpf, das ihm die Priester des Reiches Zunar anvertraut haben. Er ist dankbar für diese Ehe, für diese Heirat. Nachdenklich betastet er seinen goldenen Armreif, in dem der Achat eingearbeitet ist. Ob Ashaya, seine geliebte Ehefrau, auch an ihn denkt? Vielleicht betastet sie jetzt gerade, in diesem Moment, auch ihren goldenen Armreif? Und kann spüren, dass er an sie denkt, dass er sie vermisst. Kann sie fühlen, wie sehr er sie liebt? Aus dem Achat dringt, wie durch ein Wunder, ein warmer Lichtstrahl, für einen kleinen Moment nur. Anthanasius weiß, was der Lichtstrahl ihm mitteilen möchte. Ashaya, die er so sehr liebt, erwartet sein Kind. Er weiß es, Abidan, sein großer Gott des Lichts, hat ihm die frohe Botschaft verkündet. Warm wird es in seinem Herzen. Bilder erscheinen in seinem Geiste, Szenerien, in denen er sich mit seinem kleinen Sohn sieht. Sein Sohn wird ein starker Mann werden, er wird, genau wie er, Anthanasius, mit starker aber gütiger Hand, über das große Reich Atlantis herrschen. So wird es sein. Voller Glück betet er zu seinem großen Gott und dankt ihm für dieses große Geschenk. Ein Geschenk, das sein Leben verändern wird. Weiter kreisen seine Gedanken. Er spürt, während er zu seinem Gott betet, wie das Dunkle versucht, von ihm Besitz zu ergreifen. Mit seinem tiefen Gebet, mit seiner Hingabe, kann er sich noch erwehren vor den furchtbaren Einflüssen des

Dunklen. Ganz tief in seinem Geist spürt er, dass das Dunkle nicht ruhen wird, dass es weiter nach ihm, nach seinen Lieben, nach seinem Reich, dem wunderbaren Reich Atlantis, greifen wird.

„Verehrte Ashaya", der Priester Eragon hat seine Herrscherin um eine dringende Unterredung gebeten. Abijah, der edle Priester will zugegen sein aber Eragon hat ihm abgeraten. Er will allein mit seiner Herrscherin sprechen. Eine Gefahr für das große Reich Atlantis scheint im Anzug zu sein. Zuerst muss er ihr davon berichten. „Ashaya, vom Meer nähern sich Schiffe. Das melden unsere Posten, die an den Toren zum Meer wachen. Am Horizont sind diese Schiffe bereits gut zu erkennen. In wenigen Tagen werden sie eintreffen. Sie halten Kurs auf unseren Hafen. Was schlägst du vor, was sollen wir tun? Wir wissen nicht, ob von diesen Schiffen Gefahr für unser Reich droht. Wir wissen nichts über diese Schiffe. Was schlägst Du vor? Dein Mann, Anthanasius, der große Herrscher unseres Reiches, ist verschwunden. Wir haben keine Spur von ihm ausmachen können. Es ist, als sei er vom Erdboden verschluckt." „Eragon, verehrter Priester aller Götter. Ruft alle Priester zusammen, wir werden beraten, was zu tun ist. Gemeinsam werden wir zu einem Beschluss kommen.

Morgen, zur gleichen Stunde sollen sie hier alle im Palast erscheinen. Und…schickt nach dem obersten Wächter unserer Häfen. Er soll Bericht erstatten. Auch Abijah muss gefunden werden, er muss erscheinen." Ashaya ist beunruhigt, es sind keine guten Nachrichten, die Eragon gebracht hat. Was hat das zu bedeuten? Was wollen die Fremden hier im Reich, in dem großen Reiche Atlantis? Wo mag ihr Mann, Anthanasius, nur sein? Dass er so plötzlich verschwunden ist, erscheint ihr wie ein großes Rätsel, bisher konnte er nicht gefunden werden. Alle Bemühungen, ihn zu finden, waren bislang erfolglos. Wenn nun am morgigen Tag die Priester zusammen kommen, um über die Fremden zu beraten, wird sie stark sein müssen. Sie weiß, sie kann nicht allen Priestern vertrauen. Anthanasius, der große Herrscher, ist plötzlich und spurlos verschwunden. Die Priester werden versuchen, die Macht über Atlantis zu bekommen. Nein, sie ist besorgt. Warum mussten Anthanasius und Abijah auch gerade jetzt auf mysteriöse Weise verschwinden? Eragon hingegen hat erkannt, dass Ashaya, seine Herrscherin schwach geworden ist. Die Sorge um ihren geliebten Ehemann Anthanasius hat ihren Geist geschwächt. Er muss ihren Geist stärken, er wird für sie beten. Sie darf den Priestern gegenüber morgen bei der großen Beratung keine Schwäche zeigen. Er hat noch etwas erkannt, Ashaya ist nicht nur schwach im Geiste geworden, nein, sie trägt auch etwas in sich. Etwas, von dem sie vielleicht noch gar nicht weiß. Ein großes Geschenk. Sie erwartet ein Kind, ein Kind vom großen Herrscher Anthanasius. Das wird ihre Macht fördern, er muss nur dafür Sorge tragen, dass die großen Sorgen um ihren geliebten Ehemann, nicht ihren Geist schwächen, dann werden sie die Macht über Atlantis behalten. Sobald sie einen Sohn geboren hat, ist die Macht über das große wunderbare Reich endgültig gesichert. Er sieht sich im Geiste schon an der Seite Ashayas, die das Reich regieren wird. Der Lehrer, der väterliche Freund, der Berater des neuen Prinzen wird er sein, sein Weg ist ihm vorbestimmt. Den neuen Prinzen wird er im Geist schwächen. Er wird ihn als Werkzeug benutzen, damit dieser später all seine Wünsche vorbringen und durchsetzen wird. Die Macht über dieses große Reich wird ihm, Eragon, dem obersten Priester, gehören. So wird es sein. Seine Träume werden sich erfüllen. Zahlreiche Priester, die die vielen verschiedenen Götter des ehemaligen Reiches Zunar verehren, sind dem Aufruf gefolgt. Eragon hat sie alle rufen lassen. Den Palastwachen ist es gelungen, auch Abijah, den edlen Priester, aufzufinden. Im Tempel seines großen Gottes Abidan, dem großen Gott des Lichts hatte man ihn angetroffen. Tief in seine Gebete versunken, hatte er nicht bemerkt, was um ihn herum alles geschehen war. Sofort ist er in den Palast geeilt, um seiner Herrscherin Ashaya mit Rat zur Seite zu stehen. In seinem Geiste fühlt er, dass Gefahr droht. Gefahr aus dem Dunklen, aus der Dunkelheit. Er weiß, dass das Dunkel immer wieder versuchen wird, Macht über die Erleuchteten zu bekommen. Mit der Dunkelheit wird eine Katastrophe über das Reich kommen, Abidan hat ihm diese schwere Botschaft übersandt. Der oberste Hafenmeister, der Wächter der Eingänge zum Meer, verneigt sich und beginnt mit seinem Bericht. „Verehrte Herrscherin. Vom Meer heran nahen viele Schiffe, sie tragen eine Flagge, die uns unbekannt ist. Morgen werden sie eintreffen. Wir können nicht sagen, nicht erkennen, welche Absicht von ihnen ausgeht. Ich rate dazu, den Schiffen noch vor dem Einkehren in unseren Häfen Einhalt zu gebieten. Wir sollten prüfen, welche Ziele sie verfolgen. Mit Bedacht müssen wir vorgehen, es ist unklar, warum sie sich unserem Reich nähern. Solange der Zweck ihrer Ankunft hier noch im Unklaren liegt, sollten wir sie auf keinen Fall passieren lassen." Der oberste Hafenmeister ist ein erfahrener Mann. Er weiß, wo von er spricht. Sein Gefühl sagt ihm, dass hier nichts Gutes zu erwarten ist. Die Schiffe scheinen aus einem Land zu kommen, dass ihnen unbekannt ist. Er rät zur Vorsicht. Die große Beratung der Priester beginnt nach seinem Bericht. Soll man den Fremden den Einlass verwehren? Oder soll man ihnen Gastfreundschaft gewähren? Abijah, der edle Priester, bittet um Gehör. „Verehrte Ashaya, verehrte Priester, ich rate zur Vorsicht. Ich schließe mich der Meinung unseres erfahrenen obersten Hafenmeisters an. Wir wissen nicht, welche Ziele die Fremden, die auf unser Reich zusteuern, verfolgen. Wir sollten ihnen den Zutritt in unser Reich verwehren. Abidan, der große Gott des Lichts, hat mir eine Botschaft gesandt. In dieser Botschaft warnt er vor dem Dunklen. Das Dunkle wird die Macht über unser Reich ergreifen. Wir müssen in unserem Geiste rein bleiben, wir dürfen dem Dunklen keinen Zutritt, keinen Einlass gewähren. Bitte, verehrte Ashaya. Schenkt meinen Worten und der Botschaft Abidans Glauben. Während Anthanasius, unser großer Herrscher sich in unserer Abwesenheit befindet, sollten wir allem Fremden den Einlass in unser großes, wunderbares Reich verwehren." Erschöpft schließt er seine Rede. In Ashaya, der Herrscherin geht plötzlich eine unsichtbare Wandlung vor. Abijah jedoch, kann erkennen, wie das Dunkle ihren Geist ergreift. Er zuckt mit einem Schrecken zusammen, als sie ihre Rede beginnt.

„Verehrte, versammelte Priester. Gastfreundschaft ist schon seit langer Zeit das Gebot des Reiches Zunar. Wir verehren viele Götter, wir haben sie eingeladen, mit uns, bei uns, zu verweilen. Wir bauen ihnen Tempel. Unser Volk hat einen Tempel für Abidan, den großen Gott des Lichts, errichtet. Wir haben auch ihn willkommen geheißen, wir haben ihm nicht den Zutritt verwehrt. Wir werden auch den Fremden unsere Gastfreundschaft erweisen. Die Wachen sollen, sobald die Fremden mit ihren Schiffen unsere Häfen passieren, ihren Anführer zu mir in den Palast geleiten, damit ich ihnen unsere Gastfreundschaft anbieten kann. So soll es geschehen." Ein bestimmender Blick tritt aus ihren Augen, die Priester des Reiches Zunar schauen verwundert, so haben sie ihre Herrscherin Ashaya noch nicht erlebt. Eragon ist zufrieden, ja, Ashaya hat sich allen gegenüber durchgesetzt. Sie hat die Priester überzeugt. Jetzt muss er sie nur noch auf den Weg, der ihm die vollständige Macht bescheren wird, führen, dann wird er der mächtigste Mann unter dieser Sonne sein.

Seltsam sehen sie aus, die Fremden. Furchteinflößend. Sie haben allesamt dunkles schwarzes Haar, das ihnen in Zotteln bis über die Schultern reicht. Im Gesicht tragen sie schwarze, lange, ungepflegte Bärte. Ihre Blicke eilen neugierig umher. Wild scheinen sie zu sein, sprechen eine sonderbare Sprache. Mit ihren zahlreichen großen Schiffen, an denen die Flagge eines fremden Reiches im Wind weht, haben sie die Häfen Atlantis passiert. Die Hafenwachen haben ihnen keinen Einhalt geboten, sie mussten, schweren Herzens, die Anweisung ihrer Herrscherin Ashaya befolgen und die Fremden willkommen heißen. Ihr Anführer, Yehudi, wird vom obersten Hafenmeister in den Palast zu Ashaya gebracht. Staunend schaut er sich um, eine Horde Männer seiner Schiffe ist ihm gefolgt, ihre Neugier hat sie jede Höflichkeit vergessen lassen. Sie verneigen sich nicht einmal vor Ashaya, sie zollen ihr in keinster Weise Respekt. Von der äußersten Landesgrenze des Reiches Zunar hat der oberste Hafenmeister einen alten Mann herbei holen lassen, dieser kann als einziger die Sprache Yehudis verstehen und übersetzen. Er ist vor vielen Jahren in das Reich Zunar gekommen, seine Heimat, das Reich der Tausend Kriege, hat er verlassen um seinen Frieden zu finden. Jetzt ist es ihm, als hätte seine Vergangenheit ihn wieder eingeholt. Diese Fremden stammen aus dem Reich der Tausend Kriege. Die Erinnerung scheint ihn zu lähmen, bestürzt ist er, kann kaum übersetzen, was Yehudi spricht. „Verehrte Ashaya", demütig verneigt er sich. „Dieser Mann hier ist Yehudi. Er ist der Anführer, der Herrscher, des Reiches der Tausend Kriege. Er sagt, sein Volk komme in Frieden zu uns ins Reich Atlantis. Von unserer großen Kultur, unserer Klugheit, unserer edlen Sprache, unseren Reichtümern haben sie gehört. Sie bitten dich, verehrte Ashaya, um unsere Gastfreundschaft. Die Gastfreundschaft der Atlantiden. Lange Zeit haben sie Kriege gegen andere Völker geführt, sagt er. Zu den

Atlantiden kommen sie aber in Frieden, sie möchten nur Wissen von den verehrten Atlantiden mit in ihr Reich bringen, damit die Bewohner des Reiches der Tausend Kriege davon lernen können." Ashaya nickt zufrieden, ja, ihre Idee, den Fremden Gastfreundschaft zu gewähren, mag wohl doch richtig gewesen sein. „Richtet den Fremden ein Quartier, heißt sie willkommen in unserem Reich, dem Reich Atlantis. Mein Mann, Anthanasius, der große Herrscher über Atlantis, ist nicht zugegen, ich entscheide anstatt seiner, wir gewähren den Fremden ein Quartier, so lange wie sie wünschen. Das Quartier soll in direkter Nachbarschaft zu meinem Palast sein." So beauftragt sie die Palastangestellten, die flugs davon eilen. Die Köpfe schütteln sie, diesen Wilden sollen sie die edelsten Räume zur Verfügung stellen. „Verehrte Ashaya", der Übersetzer setzt seine Rede weiter an. „Große Herrscherin, bedenke bitte, diese Menschen kommen aus dem Reich der Tausend Kriege. Yehudi, ihr Anführer spricht heute, sie möchten nur unser Wissen, unsere Kultur, mit in ihr Reich nehmen. Aber ich muss eine Warnung aussprechen. Glaube mir bitte, verehrte Ashaya. Es sind Fremde aus dem Reich der Tausend Kriege. Sie können nur Krieg führen. Die größten Kriegsherren sind sie, so denken sie. Ich befürchte, sie kommen nicht in Frieden. Diese Fremden werden Unheil über uns bringen, bitte bedenkt meine Warnung. Ich habe die Brutalität, die Grobheit, die Rücksichtslosigkeit dieser Fremden am eigenen Leibe gespürt. Meine Familie haben sie rücksichtslos ausgelöscht, meine Heimat habe ich als kleiner Junge verlassen müssen, weil ich nicht mit ihnen kämpfen wollte. Diese Fremden kennen keinen Frieden, glaube mir, verehrte Ashaya. Ihr solltet ihnen einen Teil unserer Reichtümer geben und sie bitten, unser Reich schnell wieder zu verlassen." Abijah sieht besorgt drein. Er kann in seinem Herzen fühlen, welche Angst der Übersetzer vor diesen Fremden verspürt. Yehudi hat einen Blick, der ruhelos um sich her streift, dieser Blick ängstigt Abijah. „Möge Abidan, der große Gott des Lichts, uns vor allem Bösen beschützen. Yehudi und diese Fremden sind das Dunkle. Sie sind eine Gefahr für unser Reich. Abidan möge bitte bald Anthanasius mit seiner Weisheit und Erleuchtung zurücksenden. Er wird eine weise Entscheidung treffen und die Fremden werden unser Reich wieder verlassen." Tief in seinen Gedanken bemerkt er nicht, welche Veränderung in Ashaya vor sich geht. Ashaya wirkt durch die wilden Blicke Yehudis, dem Herrscher über dem Reich der Tausend Kriege, völlig verändert. Sie scheint nicht mehr die Herrin ihrer Gedanken zu sein, es ist als sei sie hypnotisiert. Ein Kriegsvolk in Atlantis, dem edlen Atlantis. Die Fremden starren die Atlantiden noch immer an, diese Atlantiden haben alle so eine helle Haut und helles Haar. Ihre Gesichtszüge sind weich und edel, während die der Fremden grob und angsteinflößend sind. Eragon, der oberste Priester des Reiches Zunar, ergreift das Wort. „Seid willkommen in unserem wunderbaren Reich Atlantis. Habt ihr einen Wunsch, so zögert nicht, ihn auszusprechen. Euer Wunsch sein uns ein Befehl. Wir werden euch für die Dauer eures Aufenthalts hier ein wunderschönes Quartier richten, es wird euch an nichts fehlen. Der Übersetzer wird immer an eurer Seite sein, um eure Bitten direkt an uns weiter zu tragen. Wir wünschen euch eine wunderbare Zeit im Reiche Atlantis." Nun ergreift Abijah noch einmal das Wort. „Ashaya, Eragon, ist das euer Ernst? Habt ihr nicht die Worte des Übersetzers gehört? Wir gewähren einem Volk, das ein Kriegsvolk ist, Gastfreundschaft? Bitte bedenkt diese Entscheidung noch einmal in aller Gründlichkeit. Die Fremden sollten auf ihren Schiffen verweilen, der Übersetzer wird ihnen dort unsere Sprache vermitteln, so dass sie dann selber ihre Wünsche und Bitten äußern können. Aber bitte, lasst sie nicht in unser Reich, in die Nähe des Palastes. Ich fühle es, Ashaya, sie werden ein großes Unheil über unser Reich bringen. Ein Unheil, das wir nicht aufhalten können. Bitte bedenkt diese Entscheidung, wir können ihnen immer noch ein Quartier im Reich gewähren, wenn dein Mann, der edle Anthanasius, unser geliebter Herrscher, diese Entscheidung trifft. Aber glaubt mir, diese Fremden werden Unheil bringen." Ashaya richtet sich an die versammelten Priester, „so wie ich es gesagt habe, so soll es ausgeführt werden. Unseren Gästen wird ein Quartier gerichtet, in dem sie sich für die Dauer ihres Aufenthalts in unserem Reich wohl fühlen werden. Jeder Wunsch soll ihnen erfüllt werden. Mein Mann Anthanasius ist verschwunden. Ich treffe an Stelle seiner diese Entscheidung, und ich wünsche, dass sie ausgeführt wird. Unser Volk gewährt den Fremden Gastfreundschaft, so, wie wir jeden einladen, mit uns zu verweilen. Das ist oberstes Gebot im Reiche Zunar. Jetzt geht bitte und trefft die nötigen Vorbereitungen." Ihr Blick ruht auf Yehudi, dieser Fremde nimmt sie mit seinen wilden Blicken, seinen Gesten gefangen. Er ist anders, anders als die Atlantiden mit ihren weichen, edlen Zügen, nein, in ihm tobt etwas anderes, etwas, das sie beschäftigt. Etwas, das sie sich insgeheim wünscht. Die Ehe mit Anthanasius hat sie verändert, sie hat ihre Willensstärke vergessen, hat sich in das Leben einer treuen Ehefrau gefügt. Aber jetzt steht dieser Wilde mit seinem langen, schwarzen Haar, seinem bärtigen Gesicht, das von markanten Zügen geprägt ist, mit seinem fordernden Blick vor ihr und sie hat ihren Ehemann bereits für einen Moment vergessen. Für einen Moment ist sie der Faszination des Wilden erlegen. Was ist nur mit ihr geschehen? Auf eine merkwürdige Art und Weise fühlt sie, die Ehefrau des großen Herrschers Anthanasius, zu einem bärtigen Wilden hingezogen. Yehudi, dem Herrscher über dem Reich der Tausend Kriege. Er fasziniert Ashaya, sie kann kaum aufhören, ihm in die dunklen Augen zu sehen.

Keiner kann ihre Gedanken lesen, Eragon und Abijah jedoch bemerken diese unsichtbare Veränderung in ihr. Abijah zweifelt, er kann nicht glauben, dass Ashaya sich von diesem Wilden beeindrucken lässt. Eragon ist zufrieden, er sieht sich seinem Traum von der Herrschaft über das große wunderbare Reich Atlantis ein großes Stück näher gekommen.

Die Wilden aus dem Reich der Tausend Kriege toben durch das edle, friedvolle Reich Atlantis. Oft verstehen sie nicht, was sie sehen. Sie verstehen nicht, dass die Atlantiden in Harmonie mit ihrer Umwelt leben, dass sie gemeinsam mit ihren Tieren leben. In ihrem Reich dienen die Tiere allein zum Zwecke der Nahrung, sie töten sie rücksichtslos und verzehren sie. Alles, was sie im Reiche Atlantis sehen, ist für sie nicht zu glauben. Hundertschaften von Personal sind beschäftigt, ihnen ihre Wünsche zu erfüllen. Es ist eine gute Zeit für die Wilden aus dem Reiche der Tausend Kriege, sie erhalten alles, was sie wünschen. So könne es für immer bleiben, denken sie sich so manches Mal. Jeden Tag, früh am Morgen, kommt der Übersetzer in ihr prunkvolles Quartier, das in einem großen Gebäude, in direkter Nähe zum Palast, errichtet wurde, um ihnen die edle, klangvolle Sprache der Atlantiden näher zu bringen. Er gibt sich große Mühe, doch die Vielzahl der wilden Männer zeigt kein Interesse an der schönen Sprache. Yehudi, der Anführer der Wilden, jedoch hat die Sprache recht schnell erlernt. Nachdem nun einige Wochen ins Land gezogen sind, beherrscht er die Sprache seiner Gastgeber bereits fast perfekt. Sobald der Unterricht durch den Übersetzer beendet ist geht er fast täglich direkt in den Palast zu Ashaya und plaudert mit ihr. Längst hat er entdeckt, dass sie ihm zugeneigt ist. Sein wildes Wesen fasziniert sie immer mehr, sie kann sich ihm kaum noch entziehen. Ashaya kann nicht sagen, was es ist, das dieser wilde Fremde an sich hat, was er ausstrahlt. Vielleicht ist es dieser tiefe Blick, mit dem er sie jedes Mal ansieht? Vielleicht ist es seine grobe, fordernde Art und Weise? Vielleicht ist es aber das Fremdartige, das sie von den edlen Atlantiden nicht kennt? Die Atlantiden leben harmonisch, sie fordern nicht, sie sind edle Menschen. Diese Wilden, besonders ihr Anführer Yehudi sind anders. Sie nehmen sich was sie möchten. Ashaya kann die offensichtliche Gefahr, trotz der Warnungen, nicht erkennen. Nein, sie will sie nicht erkennen. Wie Wilde benehmen sich die Fremden leider oft in ihrem Reich, das berichten ihr die Priester immer wieder. Sie jagen die Tiere der Atlantiden, verzehren sie und schmücken sich voller Stolz mit ihren Fellen. Die Zähne reihen sie auf Ketten, die sie dann als Trophäen um ihren Hals tragen. Für dieses grobe, unedle Verhalten fehlt den Atlantiden jedes Verständnis. Ashaya jedoch ist das egal, sie ist Yehudi und seiner wilden Faszination längst verfallen. Abijah betet jeden Tag inständig zu Abidan, dem großen Gott des Lichts, dass Anthanasius zurückkehren möge. Und er bittet seinen Gott inständig um eine baldige Abreise der Wilden. Bisher hat Abidan seine Gebete noch nicht erhört, die Erleuchtung des Anthanasius ist noch nicht abgeschlossen. Nur die Erleuchtung des Herrschers kann die Katastrophe, das drohende Unheil, das über das wunderbare Reich Atlantis kommen wird, noch abwenden, so hofft er.

Schwere Zeiten

Unterdessen ruht Anthanasius in seiner kargen Höhle. Er weiß nicht, welche furchtbaren Dinge sich in seinem Reich Atlantis abspielen. Er ahnt nicht im Geringsten, was vor sich geht. Sein wunderbares Reich Atlantis ist dem Untergang geweiht, wilde Fremde sind eingedrungen und stören das harmonische Leben. Und Ashaya, seine geliebte Ehefrau hat ihnen die Gastfreundschaft gewährt. Glücklich ist er, Vater eines Sohnes wird er werden. Diese frohe Botschaft hat Abidan ihm vermittelt. Anthanasius meditiert viele Stunden, er betet zu Abidan, er betet um seine Erleuchtung, während er fühlt, dass seine Zeit noch nicht gekommen ist. Diese Höhle kann er erst als Erleuchteter, wenn verlassen. Nur so kann er weiter über sein Reich herrschen und es mit gütiger, liebevoller Hand führen. Er hat gelernt, das Einfache zu schätzen, wenig Wasser, ein wenig Brot, damit hat er sich tagelang ernähren können. Wunderbar, dieser einfache, aber ehrliche reine Geschmack. Hunger oder Durst fühlt er nicht mehr, Abidan, der große Gott des Lichts, versorgt ihn mit allem, was er begehrt. Wie freut er sich darauf, zu seiner Frau, die seinen Sohn erwartet, zu Abijah und zu seinem Volk zurück kehren zu können. Aber noch ist es zu früh, noch darf er nicht gehen, es ist noch nicht vollbracht. Geduld ist eine der großen Stärken, die Abidan lehrt. Es folgen noch viele einsame, stille Tage und Nächte in seinem kargen Gemach, bis er eines Tages eine Stimme tief in seinem Herzen fühlt. „Anthanasius, Abidan, der große Gott des Lichts, segnet dich. Bleibe deinem Geiste immer treu, sei bereit, aber bleibe deinem Geiste immer treu. Wende dich niemals von Abidan, dem großen Gott des Lichts, ab. Was auch kommen mag, was auch geschehen wird, wende dich niemals von ihm ab." Anthanasius fühlt, wie Licht in seine karge Höhle dringt. Woher mag es kommen, es gibt kein Tageslicht in der Höhle? Er sieht sich um, ist vielleicht Abijah, der edle Priester, sein väterlicher Freund und Berater, gekommen um ihn zu holen? Nein. Er ist allein in seiner Höhle. Stimmen dringen in seinen Kopf, in sein Herz. Wirre Stimmen, wilde Stimmen. Von den vielen Stimmen, dem großen Durcheinander in seinem Kopf und seinem Herzen ist er fast zerrissen, er hält sich mit beiden Händen den Kopf. Und immerzu die Stimme Abidans, die alle anderen übertönt, „bleib deinem Geiste treu". Was mag das sein, was hat das alles zu bedeuten? Dann fühlt er, wie sein Geist, seine Seele von Abidan ergriffen werden. Anthanasius fällt in einen tiefen Schlaf, in eine tiefe Ohnmacht. Er kann nicht sagen, wie lange er der Welt entrückt war, waren es Minuten, waren es Stunden oder sogar Tage? Er weiß es nicht. Voller Überraschung sieht er die Höhle in hellem Licht, einem wunderbaren hellen Licht, dass vor seinem Erlebnis noch nicht da war. Alles ist in dieses Licht gehüllt, einfach wunderbar. Anthanasius fühlt sich merkwürdig glücklich, ruhig und zufrieden. Er sieht an sich herab, ist verwundert, das warme Licht, das die Höhle und ihn umfängt, strahlt direkt aus seinem Herzen. Jetzt weiß er es, Abidan, der große Gott des Lichts, hat ihn erleuchtet. Ja, es ist geschehen, er hat die große Prüfung seines Lebens überstanden, er ist jetzt ein Erleuchteter und somit Abidan, dem großen Gott des Lichts, näher gekommen. Näher, als mancher anderer. Der Prozess der Erleuchtung ist nur wenigen Priestern vorbehalten. Abijah ist ein Erleuchteter, seine große Weisheit hat er von Abidan bekommen. Und nun ist auch er ein Erleuchteter und er wird Vater eines gesunden, wunderbaren Sohns, den er auch von Abidan führen und leiten lassen wird. Während er noch in tiefem Glücksgefühl und unendlich großer Dankbarkeit versunken ist öffnet sich die Tür und Abijah tritt ein. „Es ist vollbracht. Lass uns Abidan, unserem großen Gott des Lichts, gemeinsam danken. Mein verehrter

Anthanasius, es ist vollbracht. Du bist ein Erleuchteter, du bist Abidan näher gekommen. Es ist wunderbar. Dein Volk braucht dich, dich und deine große Weisheit und Erleuchtung. Du wirst stark genug sein, dass Unheil, das unserem Reich droht, abzuwenden. Bleibe deinem Geiste immer treu und das Dunkle wird keine Macht über unser Reich bekommen. Komm, verehrter Anthanasius, wir gehen heim. Heim, in deinen Palast, der nicht mehr der ist, der er vorher war. Aber das werde ich dir auf dem Weg erklären. Komm bitte, wir haben nicht viel Zeit. Ein großes Unheil droht unserem wunderbaren Reiche." Anthanasius ist zurückgekehrt in seinen Palast, zurück zu seiner geliebten Frau Ashaya, die nicht mehr die gleiche ist. Seinen Sohn wird sie gebären, aber sie ist nicht mehr die Gleiche, das erkennt er an ihrem Blick. Ihre tiefbraunen Augen ruhen nicht mehr so liebevoll auf ihm, nein, sie wandern unruhig hin und her. Liebt sie ihn vielleicht nicht mehr? „Ashaya, meine geliebte Ashaya, lange war ich fort. Abidan hat mich zu meiner Erleuchtung geführt. Ich sehe es, du trägst meinen Sohn in dir. Immer werde ich dich lieben. Aber, bitte erzähle mir, woher kommen diese Fremden, diese wilden Männer? Was wollen sie in unserem Reiche, viele Bauern haben sich schon bitterlich beklagt, weil sie ihre Tiere hemmungslos stehlen und töten. Warum hast du sie in unser Reich kommen lassen, warum hast du ihnen Gastfreundschaft gewährt? Es sind Wilde, es ist ein Kriegsvolk. Ich habe mit dem Übersetzer gesprochen, er hat mir unter Tränen erzählt, welches Leid diese Wilden seiner Familie und seinem Volk angetan haben. Sie sind grausam, sie haben keine Kultur, sie passen nicht in unser Reich Atlantis. Für wie lange hast du ihnen unsere Gastfreundschaft gewährt? Warum hast du nicht auf den Rat Abijahs gehört, der dich dringlich davor gewarnt hat, diesen Fremden Einlass zu gewähren. Ich fühle es, sie werden Unheil über unser Reich bringen. Warum hast du das getan,

Ashaya? Erkläre es mir, ich kann es nicht verstehen. Bitte, gib mir eine Erklärung. Warum hast du diesen Wilden erlaubt, in unser Reich einzudringen und den Einklang, die Harmonie, in dem wir leben, zu zerstören? Warum hast du das getan?" Fragend sieht er seine Ashaya an, erschüttert ist er, erschüttert von den Erzählungen, den Klagen der Atlantiden. Die Fremden passen nicht in das Reich, das weiß er, aber jetzt scheint es zu spät. Er versucht, seine Frau Ashaya zu verstehen, die darauf beharrt, dass die Fremden ein Recht auf die Gastfreundschaft des Reiches haben. Die weiter darauf besteht, dass Hundertschaften von Dienern die Wünsche der Fremden erfüllen. Die es nicht bedauert, dass die Wilden alles zerstören, unzählige der prachtvollen Blütenfelder haben sie mit ihrer wilden Art zerstört. Es ist zu spät, er kann die Fremden nicht zurück schicken. Sie haben sich still und heimlich seines Reiches bemächtigt. „Ashaya, sag mir bitte, wie konnte es dazu kommen? Ich verstehe es nicht." Mit fremd gewordenen Augen blickt Ashaya zu ihm hin. Ihr Blick scheint verächtlich zu sein. „Anthanasius, ich habe dich aus tiefstem Herzen geliebt. Doch dann warst du plötzlich verschwunden. Es gab weder eine Nachricht noch ein Lebenszeichen von dir. Keiner konnte sagen, wo du bist. Dann kommst du zurück und berichtest von deiner Erleuchtung, die dich so unendlich glücklich macht. Was hat dein Gott Abidan mit dir gemacht? Warum hat er dich so verändert, so verbittert, dass du unseren ehrenwerten Gästen nicht einmal mehr die erforderliche Gastfreundschaft zukommen lassen magst? Hat dich dein Gott Abidan über alles, über alle Menschen erhoben, dass du nicht bereit bist, etwas Fremdes anzuerkennen, zu tolerieren und gut zu behandeln? Hat dich dein Gott so hart gemacht? Die Fremden bleiben! Ich habe sie eingeladen hier zu wohnen, an unserem Leben und an unserer Kultur, auf die du so stolz bist, teil zu haben. Sie werden bleiben, solange sie es wünschen. Wie bisher, werden ihnen alle Wünsche erfüllt. Das ist unsere ehrenvolle Pflicht als Gastgeber. Ich habe es so bestimmt und auch du wirst ihren Wünschen nachkommen." Ashaya erkennt ihren Mann nicht wieder, nein, Anthanasius ist nicht mehr der Mann, den sie nach der Heirat so liebte, dem sie ihr Leben anvertrauen wollte. Sein Gott Abidan hat ihn für sich gefangen genommen, davon ist sie überzeugt. Er möchte keine Fremden in seinem Reich, er ist davon überzeugt, dass die Atlantiden, sein Volk, über allem stehen. Nein, sie kann ihm keine Liebe mehr entgegen bringen. Zu oft sind ihre Gedanken bei Yehudi, der Anführer der Fremden. Seinen täglichen Besuch im Palast hat er eingestellt, als Anthanasius zurückgekommen ist. Sie wünscht sich diese faszinierenden Stunden mit dem Wilden, der schnell gelernt hatte, sich in ihrer Sprache auszudrücken, zurück. Anthanasius, der seinem Gott Abidan so sehr zugeneigt ist, der ihn erleuchtet hat, wie er sagt, hingegen langweilt sie. Weit weg wünscht sie sich, wenn sie in der Nacht das Bett teilen. Schlecht fühlt sie sich. Unglücklich ist sie. Verliebt ist sie in Yehudi, den wilden Fremden. Während seiner Besuche hatten sie oft über das Führen eines Reiches wie Atlantis, das von seinem Herrscher mit liebevoller Hand und der Unterstützung der Priester geführt wird, gesprochen Yehudi hatte schnell bemerkt, dass sie, Ashaya, die einzige Herrscherin sein möchte. Nur sie, die einzige Herrscherin Ashaya. „Im Reich der Tausend Kriege ist es anders. Komm mit mir, komm mit mir in das Reich der Tausend Kriege", hatte er sie aufgefordert. „Wenn du mit mir heim kehrst, mache ich dich zu meiner Königin. Zur Königin über das Reich der Tausend Kriege. Wir werden bleiben, bis du bereit bist. Ich werde dich zur Königin über mein Reich machen. Hier, in diesem Reich Atlantis, in dem Reich, in dem die Priester die Macht haben, während dein Mann sich von ihnen leiten lässt, wirst du niemals eine Königin sein, die Priester werden immer die Macht haben, dein Mann wird ihr Werkzeug sein. Und du, du bist nur eine Marionette an seiner Seite. Komm, werde Königin an meiner Seite. Ich reiche dir die Hand, du brauchst nur zustimmen. Ashaya, ich mache dich zur Königin, zur Königin des Reiches der Tausend Kriege." So waren ihre Gespräche verlaufen, Ashaya hatte ihre Schwangerschaft noch nicht bemerkt. Zu sehr hatte sie sich auf den Fremden konzentriert, ständig kreisten ihre Gedanken um ihn. Vergessen war alles, die Ratschläge des edlen Priesters Abijah, die Warnung des Übersetzers, die Klagen der Atlantiden, die großen Zweifel ihres Mannes Anthanasius. Was war mit ihr passiert, dass es der Fremde geschafft hatte, sie so in seinen Bann zu ziehen? Yehudi, der Fremde, war unruhig geworden. Der Herrscher über das Reich war zurückgekehrt, so hatten es die Palastdiener berichtet. Er könne jetzt nicht mehr zu Ashaya gehen, das sei ungehörig. Sie sei eine verheiratete Frau, ihre Herrscherin. Nie hatte jemand gewagt, ihm zu sagen, was er tun oder lassen dürfe. Bisher hatte er sich genommen, was er wollte und es auch bekommen. Gefragt hatte er noch niemals. Yehudi weiß, dass er hier etwas geschickter vorgehen muss. Er schickt einen Palastdiener zu Anthanasius und Ashaya. Er muss sich das Vertrauen des erleuchteten Anthanasius erschleichen, dann wird er bekommen, was er will. So beschließt er, die beiden zu einer Jagd einzuladen. Eine große, aufregende Jagd soll es sein. Er muss Anthanasius, dem Herrscher von Atlantis beweisen, dass er, Yehudi, ihm weit überlegen ist. Er ist schließlich ein Mann, der gewohnt ist, zu bekommen, was er will, während sein Gegner, der erleuchtete Priester, schwach ist. Er mag klug sein, aber er ist schwach. Im direkten Vergleich beider Männer wird Ashaya dann erkennen, dass sie nur bei ihm, Yehudi, an seiner Seite, die Königin sein wird. Ja, so soll es sein, so wird sie die Wahrheit erkennen und ihn in sein Reich der Tausend Kriege begleiten. Er wird sie zur Königin machen. Im Reich der Tausend Kriege, über das er herrscht, soll Ashaya eine mächtige Königin sein. Die Einladung zur Jagd wird vom Übersetzer in den Palast gebracht und Ashaya übergeben. Stolz ist sie, sogleich wendet sie sich voller Stolz und Glück an ihren Mann. „Schau, mein Liebster. Deine Vorbehalte sind völlig grundlos. Schau, Yehudi weiß unsere Gastfreundschaft zu schätzen. Zu deinen Ehren möchte er eine große Jagd veranstalten. Du und ich sollen die Ehrengäste sein. Mit dieser großen Jagd möchte er sich bei den Atlantiden und allen ehrenwerten Priestern bedanken. Deine Sorgen, deine Zweifel sind aus dem Nichts gegriffen. Yehudi ist nicht der grobe Wilde, für den du und Abijah ihn haltet. Nein, er ist ein Herrscher, der Klasse besitzt. Ich werde den dienenden Übersetzer gleich mit einer Nachricht zu ihm schicken, in der wir uns bedanken und die Ehre dieser Einladung annehmen." Tiefe Zweifel beschleichen Anthanasius, ist Ashaya wirklich noch die Frau, die er liebt, die er zur Frau, zur Herrscherin über Atlantis gemacht hat? Was ist mir ihr geschehen, während er seine große Prüfung absolviert hat? Sie ist so verändert, er kann es nicht verstehen. Wie ihre Augen leuchten, wenn sie über Yehudi, den Herrscher des Reiches über Tausend Kriege, den Anführer der Wilden spricht. Und diese Jagd, wie begeistert sie ist. Warum nur? Für einen Moment kann er das Dunkle in ihren Augen, in ihrem Geist erkennen. Er fühlt die Abidan in seinem Herzen, in seinem Geist, „bleib dir und deinem Geiste immer treu", so hatte Abidan es ihm vermittelt. Sein Herz und sein Geist verlangen nicht nach einer wilden Jagd, er kann kein Tier, kein Lebewesen töten. Das liegt den Atlantiden fern, dafür sind sie nicht geschaffen. Nein, er wird seinem Geiste treu bleiben. Er fühlt, wie sein Herz sich mit Wärme und Licht füllt und weiß, dass er die richtige Entscheidung getroffen hat. „Meine geliebte Ashaya, hör mir zu", ist sie wirklich noch seine geliebte Ashaya? Zweifel machen sich in ihm breit. Wie kann sie sich so sehr für eine große, wilde Jagd, angeführt von einem Wilden, begeistern? Hat sie vergessen, in welchem Einklang mit sich und ihrer Welt die Atlantiden leben? Hat das Dunkle sie doch schon so ergriffen, dass sie den Respekt vor jedem Leben verloren hat? „Ashaya, nein! Es wird keine Jagd geben. Es ist schon schlimm genug, dass die Wilden die Tiere unseres Volkes rücksichtslos töten. Wir nehmen das wortlos hin, so weit reicht unsere Gastfreundschaft zu diesen Fremden. Du hast oft genug die Klagen unserer Bauern gehört, denen die Fremden rücksichtslos alles genommen haben. Sie haben keinen Respekt vor dem Leben. Nein, es kann und darf keine Jagd geben, das wäre ein falsches Zeichen unserem Volke gegenüber. Atlantiden töten nicht wahllos und ohne Sinn. Wenn wir mit Yehudi auf die Jagd gehen, wird unser Volk sehr enttäuscht sein. Ich kann als Herrscher über mein Volk nicht den grausamen Gewohnheiten unserer Gäste nachgehen. Und du weißt, Abidan, unser großer Gott des Lichts, erlaubt es nicht, andere Lebewesen zu töten. Nur er beschließt, wann ein Leben endet, wann die Seele ein neues Zuhause bewohnen wird. Nur Abidan, nicht du, nicht ich und auch nicht der Fremde, der Kriegsherr. Nein, eine Jagd wird es nicht geben! Das darf nicht sein, ich fühle, eine Jagd wird der Beginn eines großen Unheils sein." Erschöpft, sehr aufgewühlt lehnt er sich zurück. „Anthanasius", Ashaya begehrt auf. Ihre tiefbraunen Augen funkeln wütend. „Nach deiner Erleuchtung, wie du dein grundloses Verschwinden bezeichnest, hast du dich verändert. Du bist kein Mann mehr, du bist weich und schwach geworden, wie die Priester. Und ich sage dir, es wird eine Jagd geben. Wir werden die Einladung annehmen, wir werden bei der Jagd die Ehrengäste sein. Es wäre eine große Unhöflichkeit, wenn wir der Jagd fern blieben. Diese

Einladung an uns ist eine große Ehre. Du kannst nicht verhindern, dass sie stattfinden wird. Nein, es wird eine Jagd geben. Dein Herz ist zu weich geworden. Du beharrst auf den Wünschen und Geboten deines Gottes Abidan, hältst dich für erleuchtet. Aber wer bist du eigentlich? Du bist ein Herrscher, der mit weicher Hand regiert. Dein Volk lacht nur noch über dich. Nein, du bist kein Herrscher mehr, du bist ein Priester. Priester können nicht über ein Volk herrschen, Priester sind keine Herrscher. Und ich sage dir, es wird eine Jagd geben. Du kannst es nicht verhindern oder verbieten. Und wir werden teil nehmen, als Ehrengäste des großen Yehudi, dem Herrscher über dem Reich der Tausend Kriege." Abijah ist in den Saal getreten, in dem das Paar sich das Wortgefecht liefert. Gemeinsam mit Anthanasius betet er zu Abidan, sie beten für Stärke, mögen sie ihrem Geiste immer treu bleiben können. „Ashaya, höre. Ich sage dir, es wird keine wilde Jagd geben, bei der unsere Tiere durch unser Reich getrieben werden. Nein, das wird es nicht geben. Unsere Tiere sind durch das Verhalten der Fremden schon jetzt sehr verschreckt. Sie weichen vor uns zurück, sie verstecken sich, müssen ständig in der Angst, getötet zu werden, leben. Keine Jagd in Atlantis, das hat es noch nie gegeben und wird es auch nicht geben!" Sein Geist ist durch das Gebet zu Abidan, dem großen Gott des Lichts, stark geblieben. Er fühlt, wie sich sein Herz wieder mit Wärme und Licht erfüllt. „Nein, Anthanasius. Ich sage Dir, wir werden Yehudi den gewünschten Respekt entgegen bringen. Es wird eine Jagd geben und wir werden als seine Ehrengäste dabei sein. Ich sende den Diener mit einer Zusage zurück. Du wirst dabei sein, das ist deine Pflicht als ehrenwerter Herrscher über dein Reich." Ashaya", Anthanasius versteht es nicht, er kann nicht glauben, was in Ashaya vor sich geht. „Schicke den Diener mit einer Antwort, ja, ich bin einverstanden. Die Wilden Männer sollen ihren

Willen bekommen. Aber als stolzer Atlantide werde ich nicht an der Jagd teilnehmen. Es ist für mich nicht möglich, unsere Tiere durch unser schönes, wunderbares Reich zu jagen und sie dann am Ende völlig sinnlos um ihr Leben zu bringen. Wir sprechen hier nicht von einem vergnüglichen Zeitvertreib, wir sprechen hier darüber, wissentlich die Gebote Abidans zu brechen. Dazu bin ich nicht bereit. Dir scheint es keine Probleme zu bereiten, diese heiligen Gebote zu übertreten. Ich überlasse dir die Entscheidung, ob du an dieser sinnlosen Jagd teilnehmen möchtest oder doch entscheidest, die Gebote Abidans zu respektieren, statt dem Aufruf eines Fremden, eines Kriegsherrn, zu folgen. Deine Entscheidung, sie bleibt nur dir überlassen. Höre in dich hinein und dann folge deiner Entscheidung." Fassungslos sieht Ashaya ihn an, ihr Mann ist ein weicher Priester geworden. Wie er Abidan verehrt, sie mag es nicht mehr hören. Die Gebote Abidans, wer ist Abidan? Ein Gott, den die Atlantiden anbeten. Na und, in ihrem Reich Zunar hatte man viele verschiedene Götter angebetet. Die Atlantiden, allen voran ihr Mann Anthanasius, halten sich für besondere Menschen, für eine besondere Kultur und ihren Gott Abidan stellen sie über alles. In seinen Augen kann sie Schmerz erkennen, er fühlt Schmerz über den langsamen Verlust, er fühlt, wie sich Ashaya mehr und mehr von ihm abwendet. „Ich werde die Einladung des Yehudi annehmen. Dankbar werde ich ihm meine Ehrerbietung entgegen bringen. Du, Anthanasius, bist nicht dazu bereit. Du betest lieber zu deinem Gott Abidan. Tu, was du für richtig erachtest. Ich für meinen Teil werde es auch tun und werde die Einladung des Yehudi annehmen. Ich werde die Ehre und die Dankbarkeit aller Atlantiden zum Ausdruck bringen, in dem ich seiner Einladung folge." Ein tiefer bohrender Schmerz macht sich im Herzen des Anthanasius breit. Viele Fragen, viele Zweifel hegt er. Warum nur konnte es so weit kommen? Seine Frau wird sich aufmachen, aufmachen, um sinnlos Tiere zu töten. Hat sie denn nicht verstanden, was er ihr alles über das Leben der edlen Atlantiden erklärt hat. Wie kann sie plötzlich bereit sein, alle Gebote Abidans zu übertreten? Wie weit hat das Dunkle schon seinen Einfluss über sie gewonnen? Was wird aus seinem Sohn, den sie in sich trägt, was wird aus ihm werden? Er betet zu Abidan, dass er seinen noch ungeborenen Sohn beschützen möge, beschützen vor dem Dunkel, dass bereits nach der Mutter greift.

Traurig ist er, weiß Ashaya überhaupt, hat sie es schon bemerkt, dass sie sein Kind, seinen Sohn, erwartet? Oder hat sich das Dunkle bereits ihres Geistes so stark bemächtigt, dass sie keine Gefühle für sich, für ihren Geist, für ihren Körper, hat und die Schwangerschaft noch nicht einmal verspüren kann? Er weiß es nicht, traurig zieht er sich in sein Gemach zurück. Voller Hoffnung betet er zu Abidan, dass dieser seinen Geist stärken möge und seinen noch ungeboren Sohn schützen möge. Dann lässt er einen Diener zu Abijah entsenden. Er bittet ihn um ein Gespräch, um einen Rat. „Verehrter Abijah, du hast gehört, was sich in unserem schönen Reiche zuträgt. Bitte, gib mir einen Rat, was kann ich tun? Was können wir tun, um unsere schöne Harmonie wieder herzustellen? Unser Volk ist nicht mehr dasselbe, seit dem schicksalhaften Tag, an dem die Fremden, die Wilden in unser Reich gekommen sind. Und, meine Frau, Ashaya, hat sie eingelassen. Sie gewährt ihnen bedingungslose Gastfreundschaft. Was ist mit ihr passiert? Abijah, sie erwartet meinen Sohn und ich habe große Sorge, dass das Dunkle nach ihr und meinem Sohn greift. Sie ist eine andere geworden, ich erkenne sie oft nicht mehr. Wie konnte das passieren? Ist das Dunkle so mächtig? Wie können wir die Gefahr, die durch das Dunkle in unser schönes Reich kommt, abwenden? Ich weiß es nicht, ich bin ratlos. Abidan hat meinen Geist gestärkt, ich bleibe ihm treu. Aber Ashaya … sie wird seine Gebote außer Acht lassen und ich fürchte, damit wird großes Unheil über unser Volk kommen." Abijah spricht traurig zu Anthanasius, „mein edler Herrscher, du weißt, du bist für mich nicht nur der große Herrscher über unser Reich Atlantis. Ich fühle für dich, wie ich für einen Sohn fühle. Es tut mir leid, ich fürchte, ich kann nicht helfen. Wir zwei, Du und ich, wir können nur ganz stark zu Abidan, unserem großen Gott des Lichts beten und hoffen, dass er Ashaya verzeihen möge. Dass er ihr die nötige Stärke und Kraft gibt, das Dunkle, welches sich ihrer bemächtigt hat, zu besiegen. Lass uns auf Abidan vertrauen, möge er verhindern, dass unser Reich von einem großen Unheil heimgesucht wird. Und bitte, Anthanasius, was auch geschehen wird, bleibe immer deinem Geiste treu. Folge Abidan, zweifle nicht an ihm. Verliere nicht das Vertrauen in unseren großen Gott des Lichts. Verliere es nicht, wende dich nicht von Abidan ab. Bleib ihm im Geiste treu…"

Die Jagd

Der nächste Tag beginnt mit wunderbarem Sonnenschein, Ashaya hat ihre Entscheidung getroffen, sie wird mit Yehudi, dem Fremden, dem Wilden, dem Herrscher über dem Reich der Tausend Kriege, auf die Jagd gehen. Sie ist in ihrem Herzen sicher, das Richtige zu tun. Verstehen kann sie nicht, dass ihr Ehemann der Einladung des Yehudi nicht folgen will, sie jedoch wird diese Ehre annehmen. Längst geht es ihr nicht mehr um die Ehre, die ihr als Herrscherin mit der Einladung entgegen gebracht wird. Nein, Yehudi, der Fremde, übt eine eigenartige Faszination auf sie aus. Sie fühlt sich magisch zu ihm hingezogen. Während seiner täglichen Besuche in ihrem Palast hat er sie fordernd angesehen, voller Verlangen. Sofort nach der Rückkehr des Anthanasius hatte er die Besuche eingestellt, er wollte Anthanasius nicht sehen, nein, sein Interesse galt ihr. Wie oft hatte er ihr gesagt und versprochen, dass er sie in seinem Reich zur Königin an seiner Seite machen würde. Zu einer wirklichen Königin, die mit ihm gemeinsam über sein Reich herrschen sollte. In ihr feinstes, prunkvolles Gewand hat sie sich gehüllt, als Ehrengast ist es ihre Pflicht, denkt sie. Egal, solle ihr Gewand Schaden nehmen, die Palastdiener können es richten. Wenn sie ehrlich zu selber ist, weiß sie jedoch, dass sie sich eigentlich für Yehudi, den Fremden, so fein herrichtet. Dienerinnen richten ihr Haar, sie flechten es in einen langen Zopf, der ihr voller Pracht bis weit über die Schulter reicht. Sie freut sich auf die Jagd, sie freut sich auf eine abenteuerliche Fahrt im Streitwagen, sie freut sich, Yehudi, dem Fremden nahe zu sein. Beeindrucken mit ihrem Mut will sie ihn, sie ist sicher, er ist der Mann für ihre Zukunft. Wenn er sie zu seiner Königin macht, wird sie herrschen, endlich wird die Macht über ein Volk in ihren Händen sein. In Atlantis, an der Seite von Anthanasius kann sie keine wirkliche Herrscherin sein.

Eine Frau als Herrscherin können die Atlantiden niemals anerkennen, das verbietet ihnen ihr Glaube an ihren Gott Abidan.

„Und mein Mann, Anthanasius, ist auch nur ein willenloses Werkzeug der Priester von Atlantis, er ist zu weich, er kann seinen Willen nicht durchsetzen, er wird niemals wirklich über Atlantis herrschen, die Priester üben die Macht aus und er merkt es nicht. Er lässt sich benutzen von ihnen. Seinem Gott Abidan ist er durch die Erleuchtung näher gekommen. Paah, weich ist er geworden, er hat keinen Willen mehr", solche verächtliche Gedanken ziehen durch ihren Kopf. Fest nimmt sie sich vor, heute Yehudi durch ihre Schönheit, ihren Mut und ihre Klugheit so stark zu beeindrucken, dass er gar nicht anders kann, als sie zu seiner Königin zu machen. Dass sie ein Kind von Anthanasius in sich trägt, hat sie noch nicht bemerkt. Voller Entschlossenheit lässt sie sich in ihrer Sänfte zum Quartier des Fremden tragen. Yehudi traut seinen Augen kaum, so wunderschön ist sie. Er geleitet sie zu seinem Streitwagen. Seiner zukünftigen Königin steht der Platz an seiner Seite bereit, er wird sie heute bei der Jagd begleiten und später in sein Reich bringen. „Verehrte Ashaya, wo ist dein Gemahl, der große Anthanasius? Wird er heute nicht bei dem großen Ereignis dabei sein?" Insgeheim erleichtert hat er schnell erkannt, dass Ashaya ohne ihren Mann erschienen ist. „Yehudi, er lässt dir danken für deinen Großmut, für deine Einladung zu dieser wunderbaren Jagd. Die Regierungsgeschäfte halten ihn leider von der Teilnahme heute ab. Das bedauert er sehr. Beim nächsten Mal wird er uns begleiten." Vergessen ist der Streit mit ihrem Anthanasius, der sie so eindringlich davor gewarnt hat, wehrlose Tiere zum Spaß zu töten. Leicht ist ihr die Lüge über die Lippen gekommen, nicht eine Sekunde hat sie gezögert. Ihr Gewissen meldet sich nicht zu Wort. Ihr

Geist, ihr Verstand scheinen wie betäubt, fast wie hypnotisiert von dem Fremden. Sie hat keine Zweifel an ihrem Tun.

Laute Rufe aus den Hörnern der Fremden ertönen und die Jagd beginnt. Hunderte der Fremden aus dem Reich der Tausend Kriege sind auf den Beinen, sie toben mit ihren Streitwagen durch das wunderschöne Atlantis und treiben die Tiere vor sich hier. Wenn die Tiere völlig entkräftet sind, werden sie wahllos mit ihren Speeren erlegt. Sie haben Spaß am Töten, bei jedem Tier, das einen qualvollen Tod stirbt, lachen sie und freuen sich lautstark. Die Atlantiden haben sich vor Angst und Trauer in ihre Häuser zurückgezogen. Diese entsetzlichen Taten können sie nicht ertragen, sie können nicht begreifen, was sie da sehen und erleben müssen. Und ... ihre Herrscherin Ashaya, die Ehefrau des Anthanasius, den sie so sehr lieben und verehren, müssen sie stolz an der Seite des Anführers der Wilden sehen. Unfassbar, was ist nur geschehen? Aufgeschreckt suchen die Tiere verzweifelt Schutz in ihren Bauten, in den Tempeln, in den Häusern der Atlantiden. Viele schaffen es nicht, die Fremden haben Spaß daran, sie mit ihren Streitwagen durch Atlantis zu hetzen, so lange, bis ihnen fast das Atmen nicht mehr möglich ist und sie vor Schwäche zusammen brechen. Die brutalen Fremden weiden sich dann noch an ihrem Todeskampf, bevor sie die Tiere endgültig mit ihren Speeren töten. Es ist ein trauriger Tag im Reiche Atlantis, nur die Fremden, die Wilden, haben Freude. Unermüdlich jagen und hetzen sie die Tiere, selbst aus den Tempeln treiben sie sie heraus, um sie dann voller Freude zu töten. Ashaya möchte nun auch das Ihrige tun, sie wird Yehudi beweisen, dass sie eine starke Frau, eine Herrscherin, auch über Leben und Tod, ist. Unterdessen treiben die Fremden alle großen Tiere zusammen, sie treiben sie vor den Streitwagen des

Yehudi, der vor Lust am Töten nur so strahlt. Elefanten, Pferde, Löwen, die vor der Ankunft der Fremden im Einklang mit den Atlantiden lebten, am heutigen Tag werden sie wahllos dahin gemetzelt. Yehudi hat seinen Streitwagen gestoppt, seine Diener haben ihm einen großen Elefanten zugetrieben, den er zuerst lange mit seinem Speer quält, bevor er ihm die endgültige Gnade des Todes erweist. Lachend blickt er auf die Löwen, sie sollen als nächste an die Reihe kommen. Ja, es ist heute ein wunderbarer Tag, besser kann es nicht sein. In Ashayas braunen Augen sieht er ihre Lust, die Lust, die er auch teilt, die grausame Lust am Töten. Für die Atlantiden ist es ein sehr trauriger Tag, die vielen heimatlosen Seelen der getöteten Tiere irren heimatlos und ohne Ruhe im Reich herum. Die Fremden, Ashaya und Yehudi bemerken es nicht. Sie haben sich voll ihrem Rausch hingegeben. Jetzt greift Ashaya nach Yehudis Speer, ja, sie will es ihm beweisen, sie will ihm zeigen, dass sie genau so mutig wie er ist. „Sieh, Yehudi, dieser Löwe da ist meiner. Ich werde es dir zeigen! Er gehört mir", ruft sie ihm zu. Laut lacht der brutale Fremde, „ja, meine Königin, erlege ihn. Du bist meine Königin." Sie schaut ihm tief in die Augen. Da geschieht das Unglück. Während ihr Blick in Yehudis Augen weilt, nutzt der Löwe seine Chance. Sein Jagdinstinkt ist geweckt, seine Seele ist stark. Er wird die getöteten Tiere rächen. In nur einem kurzen Moment hat er den Streitwagen erreicht. Ashaya sieht die Gefahr nicht kommen, alles geht zu schnell. Als sie den großen Löwen, der sich an ihrem rechten Arm, mit dem sie den Speer hält, verbissen hat, bemerkt, ist es schon zu spät. Blut tropft aus ihrem Arm, während der Löwe sie nicht frei geben will. Er ist der Rächer aller Tiere, die an diesem Tage einen sinnlosen qualvollen Tod gestorben sind. Endlich gelingt es Yehudi den Löwen, der immer noch an ihrem Arm hängt, mit einem Stoß seines zweiten Speers zu töten. Er hat ihn erlegt, er ist der Retter Ashayas. Ja, er ist der große

Retter, er hat der Herrscherin, der Ehefrau des Anthanasius das Leben gerettet. Er ist ein Held. Anthanasius wird ihm danken müssen. Jetzt erst sieht er zu Ashaya, die blutüberströmt in seinem Streitwagen kniet. Diener, die schnell herbei geeilt sind, versorgen ihre Wunde. Groß und tief ist sie, der Löwe war ein mächtiges Tier. Aus seinem Fell wird er sich einen prächtigen Umhang und aus dem Kopf eine Trophäe machen lassen. Als stolzer Held erklärt er die Jagd für beendet. Ashaya wird von ihm persönlich in ihren Palast zurück geleitet. Er ist der Retter ihres Lebens. Anthanasius bekommt er nicht zu Gesicht, so dass er unverrichteter Dinge wieder in sein Quartier gehen muss. „Morgen", denkt er, „morgen ist auch noch ein Tag. Mein großer Tag. Anthanasius, der überzeugt ist, ein Priester, der große Herrscher über das Reich Atlantis zu sein, er schuldet mir Dankbarkeit. Ich habe seine Ehefrau gerettet. Ja, morgen wird mein großer Tag kommen." Dass erst er es war, der Ashaya in die Gefahr gebracht hat, in der sie fast um ihr Leben gekommen wäre, daran denkt er nicht. Mit seinem Gefährten feiert er noch tief in die Nacht hinein den erfolgreichen Tag. Ihre Beute, die getöteten Tiere haben sie achtlos zurück gelassen. Es ging ihnen nicht um die Beute, nein, sie wollten einfach nur die Freude und die Lust am Töten ausleben. Eine barbarische Unart. Sie rühmen sich ihrer großen Taten, bis endlich alle in einen tiefen Schlaf fallen. Nun kommt das Reich Atlantis wieder zur Ruhe, nur die heimatlosen Seelen der gemarterten Tiere irren noch hilflos durch das Reich. Ihre Zeit war noch nicht gekommen, Abidan, der große Gott des Lichts bestimmt den Zeitpunkt, nicht die Fremden. Als wirklich auch der letzte der Fremden in tiefem Schlaf liegt, machen sich die Atlantiden unter Tränen daran, die getöteten Tiere einzusammeln und zu begraben. Es ist eine sehr traurige Arbeit, die Körper, die Hüllen, aus denen jedes Leben gewichen ist, können sie zur Ruhe tragen. Die

Seelen jedoch sind gezwungen, weiter im Reich umher zu irren. Sie können nichts für diese armen Seelen tun außer zu Abidan zu beten, dass er sie beschützen und ihnen eine neue Heimat geben möge. „Möge Abidan uns diese Gräuel vergeben. Möge er auch uns vergeben, dass wir es zuließen, und nicht verhinderten. Möge er unser Reich auch weiter beschützen, möge er schnell neuen Tieren ein Leben schenken“, betet Abijah laut vor den anderen Priestern. Zertrampelte, zerstörte Felder, Wiesen und Beete. Alles ist durch diese wilde, sinnlose Jagd zerstört. Und ihre Herrscherin Ashaya, sie liegt verwundet auf dem Krankenbett und keiner kann sagen, ob sie ihr großes Abenteuer am Ende mit dem Leben bezahlen wird. Das traurige Ergebnis eines traurigen Tages. „Oh, Anthanasius“, Ashaya schlägt ihre tiefbraunen Augen auf. „Anthanasius, wo warst du? Wo warst du, als ich mich in großer Gefahr befand? Wo warst du? Er, der Fremde, den du so verachtest, er hat mir das Leben gerettet. Er, der große Yehudi, er ist ein mutiger, ein großer Mann. Er hat mein Leben gerettet, in dem er mutig den wilden Löwen, der mir nach dem Leben trachtete, erledigte. Wo warst Du? Yehudi ist mutig, während du dich in deinem Tempel verstecktest und zu deinem Gott gebetet hast. Sieh mich nicht so an. Du hast dich hinter deinem Gott versteckt, während er an meiner Seite war. Jetzt schaust du, du magst die Wahrheit nicht hören, richtig? Yehudi ist ein wahrer Mann, ein wahrer Held. Du hingegen, mein Ehemann, verstecktest dich im Gebet, verstecktest dich im Tempel deines Gottes, allein hast du mich gelassen. Yehudi hat mich gerettet, du bist ihm zu großem Dank verpflichtet. Ich wünsche, dass du ihm deine Dankbarkeit zum Ausdruck bringst.“ „Ashaya, was sagst du da? Er, den du so hoch lobst, hat dich doch erst in diese gefährliche Lage gebracht. Ich habe dich gewarnt, an dieser Jagd teil zu nehmen. Ich habe dir davon abgeraten, aber du Ashaya, du bist trotz allem zu ihm gegangen und hast mit Freuden an dieser grausamen Jagd, bei der unserem Volk so viel Schaden zugefügt wurde, du hast mit großem Vergnügen daran teilgenommen. Jetzt wirfst du mir vor, ich sei nicht da gewesen, als du in Gefahr warst. Ich kann es nicht glauben, hast du den Blick, den Sinn, für die Wahrheit verloren. Was sprichst du nur? Deine Verletzung mag dich entschuldigen. Aber sprich nicht so mit mir, denke an die Wahrheit. Du beleidigst mich, vergiss nicht, du wolltest an dieser Jagd teilnehmen und hast es voller Freude getan. Du hast zugesehen und erlaubt, dass die Fremden unsere Tiere töten. Du hast ihnen keinen Einhalt geboten, als Herrscherin über Atlantis, als Frau an meiner Seite, hättest du dieses Drama verhindern müssen, aber du, du hast daran Spaß gehabt. Du hast Freude empfunden, Freude daran, ein Tier, ein Lebewesen, zu Tode zu quälen. Was ist mit dir nur geschehen? Ich verstehe es nicht, aber ich werde dem Anführer der Fremden auf jeden Fall meine Dankbarkeit erweisen. Morgen werde ich nach ihm schicken lassen. Ich werde ihm jeden seiner Wünsche erfüllen. Reich werde ich ihn belohnen, aber ich werde ihn auch im Beisein des edlen Priesters Abijah fragen, wann er gedenkt, mit seinen Männern unser Reich zu verlassen. Es ist an der Zeit für die Fremden, zu gehen. Sie haben bisher nur großes Unheil über uns gebracht, wir sollten sie heim schicken, bevor es zu einer großen Katastrophe kommt. Bitte, Ashaya, ich flehe dich an. Hab ein Einsehen. Dieser Fremde hat sich deines Geistes, deiner Seele, bemächtigt. Spürst du es denn nicht? Du bist eine Andere geworden, seit sich der Fremde mit seinen Männern in unserem Reich aufhält. Bereits als ich zurückkehrte von meiner großen Prüfung durch unseren Gott Abidan, habe ich die Veränderung bemerkt. Ashaya, sag mir, was hat dich so verändert? Ist es der Fremde, der dein Herz in einen Stein verwandelt hat? Mit Reichtümern beschenkt werden sie zurück in ihr Reich kehren. Aber sie müssen gehen. Sie können auf keinen Fall länger bleiben. Wir können ihnen nicht noch länger unsere Gastfreundschaft anbieten und dabei zusehen, wie sie unser schönes Reich zerstören." Zweifelnd sieht er Ashaya, seine Ehefrau, die er nicht mehr erkennen, die er nicht mehr verstehen kann, an. Es ist, als sprächen sie zwei verschiedene Sprachen. „Oh, Abidan, bitte vergib mir. Ich konnte diesen traurigen Tag nicht aufhalten, nicht verhindern. Ich konnte nicht verhindern, dass die Fremden ein so großes Unheil über mein geliebtes Volk bringen. Viele unschuldige Seelen haben ihr Zuhause verloren. Bitte, Abidan, trage dafür Sorge, dass sie ein neues Zuhause finden. Beschütze diese armen, heimatlosen Seelen. Und bitte, Abidan, verzeih mir. Bitte, beschütze meinen ungeborenen Sohn, den Ashaya in sich trägt. Beschütze ihn vor dem Dunklen, das stärker und stärker nach ihr greift." Müde verlässt er das Gemach der Ashaya.

Siegessicher steht Yehudi, der Fremde, vor Anthanasius. Begleitet wird er von einem Teil seines Gefolges, den wichtigsten Anführern nach ihm. Sie wollen mit eigenen Augen sehen, wie der Herrscher des Reiches Atlantis ihrem Herrn seine Dankbarkeit erweisen wird. „Ich habe nach dir schicken lassen", Anthanasius ruht in sich während er mit seiner Ansprache beginnt. „Du Yehudi, Herrscher des Reiches über Tausend Kriege, ich bin dir zu großem Dank verpflichtet. Gestern hast du meiner Frau das Leben gerettet. Schwer verletzt ist sie, aber sie wird wieder genesen. Dank Dir, Yehudi, dank deines Mutes. Hiermit spreche ich dir den Dank unseres Volkes aus, du hast mit deinem Mut die Herrscherin über unser Reich gerettet. Ja, Yehudi, wir sind dir zu großem Dank verpflichtet. Um dir und deinem Gefolge diese große Dankbarkeit auszudrücken, habe ich beschlossen, dass ihr bei der baldigen Rückkehr in euer Reich, in eure Heimat, mit dem Wertvollsten aus unserem Reich heimkehren sollt. Ihr werdet gemachte Männer sein, unsere Reichtümer sind unermesslich. Bitte, wählt aus, was ihr euch wünscht und es soll euch gehören. Wählt Gold, wählt, was ihr wollt. Schaut euch in unserem Reich um, unsere Diener werden euch jederzeit dafür zur Verfügung stehen. Was ihr auch wünscht, es wird euch gehören. Die wertvollsten Besitztümer unseres Reiches sollt ihr erhalten." Voller Würde schließt Anthanasius seine Rede, er verneigt sich vor Yehudi, dem Fremden, dem Wilden und seinem Gefolge, alle starren ihn mit ihren wilden, fast gierigen Blicken an. „Dir, Anthanasius, gehört unser Dank. Du bist bereit, uns reich zu beschenken. Wir genießen die Ehre deiner Gastfreundschaft. Ich weiß zu schätzen, welch große Kultur, welch großes Wissen, ihr Atlantiden hervor gebracht und entwickelt habt. Es ist mein Wunsch, einen Teil davon in mein Reich zu tragen. Wenn du es erlaubst, werden meine Männer deine Diener, deine Handwerker, deine Bauern und die Frauen aufsuchen, um von ihnen zu lernen. Auch deine großen Künstler und Baumeister können uns sicher einen Teil ihres großen Wissens vermitteln. Zu ihnen werde ich meine besten Leute entsenden, damit sie von ihnen lernen können. Die Dichter deines Reiches sind wahre Künstler, auch zu ihnen werde ich Leute schicken, damit sie die hohe Kunst des Schreibens und Lesens erlernen können. Deine Lehrer, deine Priester, sie sind voll von Wissen, Wissen, das mein Volk entbehrt. Ich werde meine Leute auch zu ihnen schicken. Deine Goldschmiede, ja, auch zu ihnen werde ich Leute entsenden, diese Kunst müssen sie erlernen. So können wir in Zukunft ein ebenso schönes, wunderbares Reich aufbauen, mit eurem Wissen, mit eurer hohen Kultur, können wir sehr viel erreichen. Ich danke dir für diese große Ehre." Er verneigt sich vor Anthanasius, sein Mund hat edle Worte gesprochen, die den Herrscher des Reiches Atlantis ehren und in Sicherheit wiegen. Seine

Gedanken sprechen andere Worte. Das wertvollste aus dem Reich darf er wählen und soll es bekommen. „Haha, der große Herrscher von Atlantis. Wie dumm er ist. Er ist seinem Gott vollkommen verfallen und hat keinen Blick mehr für das Weltliche. Für mich ist das Wertvollste, Ashaya, seine Ehefrau. Ashaya, ich werde sie zur Königin machen. Mit Vergnügen wird sie mit mir in mein Reich gehen. Und Anthanasius wird allein mit seinem Gott zurück bleiben. Schätze werde ich mit mir nehmen, sein Gold, seine Edelsteine. Er hat seinen Gott, mit dem er leben kann. Ich aber, Yehudi, der Herrscher über das Reich der Tausend Kriege, habe einen großen Schatz, den ich in mein Reich bringe. Ich bringe meinem Volk eine Königin. Eine wunderbare Zeit wird anbrechen. Und Anthanasius, er kann weiter zu seinem Gott beten. Für eine Frau wie Ashaya ist er kein Ehemann, nein, sie wird meine Königin sein. So soll es sein." Das sind Yehudis wahre Gedanken, während er Anthanasius freundlich ins Gesicht lächelt. Anthanasius fühlt, dass dieser Fremde weiter Unheil und Unfrieden in seinem Reich verbreiten wird, er hofft, er wünscht, dass sie, sobald sie alles haben, was sie wünschen, was sie fordern, Atlantis endlich verlassen werden. Abidan wird den Atlantiden dann die nötige Ruhe und den Einklang, die Harmonie, in der sie leben, zurückgeben, davon ist er überzeugt. Das Dunkle, das den Fremden und seine Männer umgibt, erschrickt ihn. „Sie müssen so schnell wie möglich zurück in ihr Reich kehren. Möge Abidan uns alle beschützen und unser Reich von diesen Fremden befreien", er kehrt nach der Unterredung mit dem Fremden zurück in sein Gemach, um dort mit Abijah gemeinsam zu Abidan zu beten. „Verehrter Anthanasius, du hast richtig gehandelt. Du bist dir und Abidan treu geblieben. Das Unglück konntest du nicht verhindern. Ashaya hat ihre Entscheidung, an dieser verheerenden Jagd teil zu nehmen, getroffen. Du hättest sie nicht zurückhalten können. Glaube mir, dich trifft keine Schuld. Die Fremden gehören dem Dunklen an, das sagt mir mein Geist. Abidan wird uns schützen. Geh, mein Junge, mein edler Herrscher, geh und sieh, wie es deiner Frau heute geht. Schau, wie sie die Nacht überstanden hat, schau, ob der Schmerz ihr vielleicht zu einer Klärung ihrer Gedanken verholfen hat. Abidans Segen sei mit dir." Traurig sieht der edle Priester seinen Herrscher, den er über alles liebt, an. „Geh, mein Junge." Anthanasius betritt das Gemach, in dem seine Frau auf das Krankenlager gebettet ist. Ihre tiefbraunen Augen schauen ihn munter und wach an. Eragon, der obere Priester, hat ihr bereits Bericht von der Unterredung und den Versprechen ihres Mannes mit Yehudi, dem Fremden, gebracht. Sie ist zufrieden. Endlich hat er es eingesehen, er hat es verstanden. „Ashaya, sag, wie ist heute dein Befinden? Hast du Schmerzen?" Kein Wort des Mitleids kommt über seine Lippen, nur die Frage nach ihrem Befinden. „Anthanasius, ich fühle mich gut. Die Wunde an meinem Arm wird verheilen, sagen die Ärzte. Es wird nicht lange dauern und es wird nicht einmal eine Narbe zurück bleiben. Aber ich hörte, du hast Yehudi dein Versprechen gegeben?" In dem Moment, in dem der Name des Fremden über ihre Lippen huscht, erkennt Anthanasius ein Leuchten in ihren Augen. Seine innere Stimme sagt ihm, dass es mehr gibt. Mehr als nur die Gastfreundschaft zu den Fremden, die sie vorgibt, zu gewähren. Nein, da ist mehr. Er kann es wie einen Stich in seinem Herzen fühlen. In der Zeit nach der Hochzeit hatten ihre tiefbraunen Augen so geleuchtet, wenn er ihr Gemach betreten hatte. Jetzt schlägt ihr Herz für einen anderen, er muss es traurig erkennen. „Ja, Ashaya. Die Fremden werden sich in unserem Reich umsehen, sie werden von uns lernen. Ich habe ihnen zugesichert, dass sie, was auch immer sie wünschen, dass es ihnen gehören wird. An der großen Kultur unseres Reiches, an unseren Schätzen, an allem sollen sie sich vor der

Rückkehr in das Reich der Tausend Kriege bereichern. Diese Zusage, Ashaya, habe ich ihnen gegeben. Mein Wort werde ich halten. Sie sollen ihre Wünsche äußern, unser Volk wird sich beeilen, sie zu erfüllen. So soll es sein, ich gebe dir mein Ehrenwort, nicht als Anthanasius, dein Ehemann, nein, mein Ehrenwort als Herrscher von Atlantis, der Erleuchtete. Sie werden bekommen, was sie wünschen." Verachtung liegt in ihrem Blick, dieser Mann ist nicht mehr Anthanasius, ihr Ehemann. Nein, er ist ein ganz anderer als Yehudi, der Fremde. Er ist ein willenloser Priester, er denkt, er sei erleuchtet. In Wahrheit ist er nur ein Werkzeug, während Yehudi, ja, er ist ein Mann, er ist ein Herrscher. Er hat versprochen, sie zu seiner Königin zu machen. Er ist ein wahrer Mann. Ihr Entschluss steht fest, sie weiß Yehudi hat sie erwählt, seine Königin zu werden, sie wird mit ihm in sein Reich gehen. Glücklich wird sie ihn machen und er wird sie glücklich machen, gemeinsam werden sie Macht ausüben. Während ihre Gedanken ihren Blick verdunkeln, fragt sich Anthanasius, ob sie ihre Schwangerschaft immer noch nicht fühlt. Er erkennt, welche Gedanken ihre Seele verdunkeln, sie kann es nicht verbergen. „Ashaya, ich sehe es. Du willst mit ihm gehen, mit Yehudi, dem Wilden, willst du in sein Reich gehen. Oh, mein Gott. Jetzt erkenne ich es ganz deutlich. Überlege dir, was du tun wirst. Triff deine Entscheidung besonnen, lass dich nicht von seinen dunklen Einflüssen lenken. Was hat er dir versprochen? Was wird dich erwarten, warum willst du das tun?" Entsetzen ist in seiner Stimme zu hören. „Paah", Anthanasius spürt ihren verächtlichen Blick. „Du bist kein Herrscher, du bist weich, du bist ein Werkzeug für die Priester. An deiner Seite habe ich keine Macht. Yehudi wird mich zu seiner Königin machen, das hat er versprochen. Ich werde die Königin an seiner Seite sein, ja, an seiner Seite bekomme ich all die Macht, die Freiheit, die ich mir schon als Mädchen wünschte. In

Zunar konnte ich als Frau nicht allein herrschen, in Atlantis bin ich eine Figur ohne Macht an deiner Seite. Endlich will ich an die Macht, ja ich will herrschen, ich will Macht über mein Volk ausüben. Mein Volk soll mir dienen und mir jeden Wunsch von den Augen ablesen. Du, Anthanasius, du bist Nichts, du bist nur ein Werkzeug der Priester. Du betest deinen Gott an, aber du bist kein Mann, nein! Ich werde mit Yehudi in sein Reich gehen." Ihre Verachtung spricht aus jedem Wort, das sie an ihn gerichtet hat. Entschlossen funkelt sie mit ihren tiefbraunen Augen. Sie wird mit Yehudi gehen. Anthanasius, der Herrscher des wunderbaren Reiches Atlantis, fällt in sich zusammen. Er kann sie nicht aufhalten, jetzt weiß er es. Sie wird gehen, gehen mit dem Wilden. „Ashaya, ich bitte dich, was auch immer du tust, wie auch immer du dich entscheidest. Ich bitte, bleibe deinem Geiste immer treu. Triff deine Entscheidung, überlege sie gut. Bedenke aber auch die Konsequenzen. Gehst du mit dem Fremden, bleiben mein Herz, mein Geist, fest für dich verschlossen. Es wird kein Zurück mehr geben. Welche Entscheidung du auch immer treffen wirst, ich werde sie respektieren." „Oh, Abidan, bitte", er betet still zu seinem Gott. „Abidan, ist das dein Weg? Strafst du mich? Strafst du mich dafür, dass ich dieses große Unheil nicht verhindern konnte, welches diese Fremden über unser Reich brachten? Abidan, was auch immer geschehen mag, bitte, beschütze meinen ungeborenen Sohn. Schenke ihm ein reines Herz und einen starken Geist." Als gebrochener Mann kehrt er in sein Gemach zurück. Seine Diener lässt er zu sich rufen, sie mögen seine Barke, sein Schiff, mit dem er schon so viele Ausflüge, gemeinsam mit seiner schönen Frau, unternommen hat, sie mögen sie schnellstens bereit machen. Eine kleine Reise, von der keiner weiß, wohin sie führen wird, werden sie antreten. Die Diener beeilen sich, wenn der große Herrscher eine Weisung erteilt, folgen sie ihm von

Herzen gern. Sie lieben ihren Herrscher. Die feinsten Speisen und Getränke werden an Bord gebracht, es soll ihrem Herrscher an nichts fehlen, auf seiner Reise, wohin sie auch immer führen mag. Als endlich alle Vorbereitungen ihr Ende gefunden haben, wird Anthanasius in seiner goldenen Sänfte auf sein Schiff gebracht. Die Diener erschrecken in dem Moment, in die sie ihn kurz erblicken können. Was ist mit ihrem Herrscher geschehen? Mager, traurig, beklagenswert, gebrochen sieht er aus. Seinen treuen Freund und Berater, den edlen Priester Abijah, hat er im Palast zurück gelassen. Ein gebrochener Mann ist er. Was mag geschehen sein mit ihm, den großen Herrscher, den sie alle so lieben. Sofort begibt sich Anthanasius auf seine Ruheliege, die in einer Art Zelt aufgebaut ist. Schnell lässt er die Vorhänge aus prächtigem Stoff verschließen um vor allen Blicken geschützt zu sein. Sein Schiffsführer hatte die Anweisung bekommen, sofort nach dem Verschließen der Vorhänge abzulegen, so verlässt die prächtige Barke den Hafen des Reiches Atlantis. Langsam gleitet sie über den Fluss, Anthanasius sieht nicht, wie sein Volk ihm vom Ufer zuwinkt und eine gute Reise wünscht. Er ist ein gebrochener Mann. Er nimmt nichts wahr, fühlt nur seinen tiefen Schmerz. Einige Tage treibt die Barke nun schon ziellos über den Fluss dahin. Bei Einbruch der Dunkelheit legt sie am Ufer an, die Diener errichten ein Lagerfeuer und bereiten ein üppiges Mahl aber ihr Herrscher nimmt nicht einen Bissen davon zu sich. Das Leben und seine Seele scheinen aus ihm gewichen. Sobald die Sonne nach der Nacht wieder aufgeht, wird das Nachtlager abgebaut und es geht weiter auf dem Fluss, weiter mit der Reise, von der keiner weiß, welches Ziel sie hat. Plötzlich gibt Anthanasius ein Zeichen um das Schiff zu stoppen, zu halten. In einer seichten Bucht legen sie an, die Diener verlassen das Schiff und bereiten wieder alles für das Nachtlager vor.

Die Diener haben Spaß, sie tollen im Wasser herum, bis sie ermahnt werden, sich leise und ruhig zu verhalten, um den geliebten Herrscher nicht in seiner Ruhe zu stören. Dann wird wieder einmal das Lager für die Nacht gerichtet, nur Anthanasius verlässt seine Barke nicht. Er öffnet die Vorhänge und schaut nachdenklich, fast wartend, den Fluss entlang.

Endlich, nachdem sie schon einige Tage auf dem Fluss verbracht haben, kann er am Horizont erkennen, worauf er schon seit Tagen wartet. Es sind die Fremden, die Wilden. Sie haben die Zeit genutzt und ihre Schiffe mit den versprochenen Reichtümern beladen. Alles, was ihnen wertvoll erscheint, haben sie an sich genommen um es ins Reich der Tausend Kriege zu bringen. Die Anweisung Yehudis, dem Herrscher des Reiches der Tausend Kriege, haben sie am Ende außer Acht gelassen. Sie haben die hohen Künste der Dichtung, des Handwerks und der Kunst nicht mehr erlernt. Dafür haben sie nur geringes Interesse gezeigt, zu stark sind sie vom Dunklen erfüllt. Die großen schweren Schiffe bewegen sich in Richtung der Bucht, immer voran, das Schiff Yehudis, der triumphierend am Bug steht. Er ist mit den Reichtümern mehr als zufrieden, Gold, Edelsteine, Seiden, edelste Lebensmittel und Weine haben sie geladen. Aber auf seinem Schiff fährt die wertvollste Fracht, die er sich jemals wünschen konnte. Es ist die Herrscherin des Reiches Atlantis, Ashaya. Sie hatte nach ihm schicken lassen und ihm ihren Entschluss mitgeteilt. Voller Freude hatte er sofort zugestimmt und alle Vorbereitungen für die baldige Abreise treffen lassen. Er würde eine Königin in sein Reich bringen, gemeinsam würden sie über das Volk herrschen, mit dieser Frau an seiner Seite würden ihm alle Türen offen stehen, alle Macht würde ihm gehören. Ashaya hat sich während der ersten Tage der Rückreise in einem zeltartigen Gemach auf seinem Schiff versteckt gehalten. Heute betritt sie zum ersten Mal die Planken seines Schiffes, um auf den Fluss zu sehen. Glücklich ist sie, glücklich und voller Erwartung. Ja, sie wird die Königin des Reiches der Tausend Kriege werden. Es ist für sie ein Gottesgeschenk. Da winkt Yehudi sie freudig zu sich. „Ashaya, meine Geliebte Ashaya, meine Königin. Schau, da vorne, in etwa noch eine Tagesreise entfernt, ruht die Barke deines Gatten in einer Bucht. Bist du dir sicher, dass du mit mir kommen willst? Bist du dir wirklich sicher? Du sollst wissen, dass ich zurück trete, wenn du doch zu Anthanasius zurückkehren möchtest. Du kannst nur mit mir kommen, wenn du dir völlig sicher bist, dich richtig entschieden zu haben." Fordernd, fast ein wenig drohend, schaut er in ihre tiefbraunen Augen. „Hübsch ist sie, wirklich hübsch. Ihre braunen Augen, ihre braunen lockigen Haare, diese Pracht. Sie ist meine Königin. Gemeinsam werden wir herrschen", denkt er vor sich hin. „Yehudi, Geliebter. Meine Entscheidung ist gefallen, ich komme mit dir in dein Reich. Ich bin die Königin des Reiches der Tausend Kriege. Ich und keine Andere. Nur ich kann die Königin sein. Endlich will ich Macht besitzen und herrschen."

Die Flotte segelt weiter voran in die Richtung der Bucht, in der das Lager des Anthanasius aufgeschlagen ist. Langsam passieren sie die Bucht, sehr langsam. Ashaya kann ihren Mann auf der Barke sehen, er ist so nah, dass sie ihm die Hand reichen könnte. Sein Blick trifft den ihren. „Oh, mein Gott, wenn er mir nur ein Zeichen gäbe. Sofort würde ich halten lassen und zu ihm zurückkehren. Wie traurig er ausschaut. Er liebt mich wirklich, sein Herz ist gebrochen. Wenn er mir doch nur endlich ein winzig kleines Zeichen gäbe", Tränen treten ihr in die Augen. Für einen kleinen Augenblick steigen Zweifel in ihr auf und sie begreift, dass sie auf dem Weg in ein völlig neues Leben ist. Ein anderes Leben. Wie wird es sein? Macht sie nicht doch einen Fehler? Noch einmal schaut sie verzweifelt zu Anthanasius, der völlig teilnahmslos zusieht, wie sie mit Yehudi, dem Fremden, sein Reich, das Reich Atlantis, verlässt. Sie ist nun auf der Reise in das Reich Yehudis, dem Reich der Tausend Kriege. Jetzt gibt es für sie kein Zurück mehr, sie wird eine Königin sein, eine Herrscherin. Sie wird alle Macht über das Reich haben, so hatte es sie sich schon seit sie eine junge Frau war, gewünscht. Jetzt würden ihre Träume Wahrheit werden. Für einen kleinen Moment hatte sich ihr Herz noch ein letztes Mal Anthanasius zugewandt, die Stimme Abidans hatte versucht, ihr Herz zu erreichen, doch vergebens. Die Reise geht nun in das Reich der Tausend Kriege, über das sie herrschen wird. Sie, die Königin Ashaya. Ein großer Traum, ein großes Streben nach Macht, wird nun wahr. Yehudi tritt zu ihr, jetzt hat er wirklich gewonnen. Seinen Triumph kann er kaum verbergen. „Du gehörst zu mir, Ashaya. Es gibt kein Zurück mehr für dich. Du kommst mit mir in mein Reich." Sein Blick ist fordernd. Ashaya kann sich kaum des Blickes entziehen. Da ist etwas, ganz tief in ihrem Herzen, das sie spürt. Was mag das sein? Sie weiß es nicht, sie hat noch immer nicht ihre Schwangerschaft bemerkt. Sie weiß nicht, dass sie das Kind ihres Ehemannes Anthanasius, den sie für den Yehudi, den Wilden, verlassen hat, in sich trägt. Müde zieht sie sich in ihr Gemach zurück, während Yehudi mit seinen Männern seinen großen Sieg, seinen großen Triumph lautstark feiert. Ashaya hält sich in ihrem Gemach die Ohren zu, sie weint, bis sie in einen tiefen Schlaf fällt.

Im Reiche Yehudis, dem Reich der Tausend Kriege

Nach langen Wochen auf offener See erreicht die Flotte Yehudis endlich den Hafen, der nun das Tor zu einer neuen Heimat für Ashaya sein soll. Es ist nicht so gekommen, wie sie sich alles erhofft hatte. Ihr Körper hat sich während der langen Wochen auf See verändert, zuerst hat sie es nicht bemerkt. Als dann die fordernden Blicke Yehudis, die sie so liebte, die sie so stolz machten, immer weniger auf ihr ruhten, zieht sie sich weiter zurück. „Er ist ein Wilder", denkt sie oft erschüttert. Was hat sie getan? Sie hat sich einem Fremden, den sie zu kennen glaubte, anvertraut. Ihr ganzes Leben hat sie in seine Hände gelegt. Und jetzt soll sie an der Seite dieses Wilden zur Königin gemacht werden, sie soll an der Seite dieses Wilden leben? Anthanasius hatte Recht gehabt. Wie oft hatte er sie gewarnt. Noch bevor Yehudi sie zu seiner Frau machen will, bemerkt sie etwas, eine große Veränderung, in ihrem Körper. Endlich fühlt sie ihre Schwangerschaft. Sie trägt das Kind des Anthanasius in sich. Als Yehudi davon erfährt, möchte er sie nicht mehr heiraten, nicht mehr zur Königin machen. Eine Frau, die das Kind eines anderen in sich trägt, kann nicht seine Königin sein. Voller Abscheu sieht er sie an, ein letztes Mal sieht er in ihre tiefbraunen Augen, während er sie an ihren langen, lockigen braunen Haaren aus seinem Palast schleift. Dann spuckt er auf sie und beschimpft sie, während er mit seinen Füßen nach ihr tritt. Er wirft sie weg, einfach so, wie jemand einen alten Gegenstand weg wirft, den er nicht mehr braucht. Ashaya kann es nicht fassen, sie trägt ein Kind, das Kind des Anthanasius in sich und jetzt ist sie allein, allein in einem fremden Reich. Ein Reich, dass grausam beherrscht wird, von Yehudi, der sie gerade vor wenigen Momenten brutal aus seinem Palast geworfen hat. „Du trägst das Kind eines Priesters, geh fort von hier. Ich will dich nicht mehr sehen. Schau, wo du bleibst. Meine Königin wirst du auf keinen Fall. Ich brauche keine befleckte Frau als Königin und noch dazu mit der Brut eines Priesters", so hatte er sie beschimpft. Er verachtet sie, jetzt weiß sie in dem fremden Reich, in dem die Menschen alle so grausam sind, nicht, wohin sie noch gehen kann. Zurück nach Atlantis kann sie nicht, die Reise ist für sie in ihrem Zustand viel zu weit und ihr Stolz verbietet ihr, dorthin zurück zu gehen, wo sie hoch erhobenen Hauptes ihren Mann verlassen hat. Nein, das ist unmöglich. Die schwangere Ashaya irrt hilflos und verloren in dem fremden Reich herum. Sie spricht nicht die Sprache der Fremden, lernen wollte sie sie nicht. Als Königin sei das nicht erforderlich, hatte sie sich gedacht. Nach einer Unterkunft kann sie nicht fragen, sie weiß nicht wo und wie sie das ohne die Sprache meistern soll. So verbringt sie die Nacht unter freiem Himmel, im Schutze eines großen alten Baums. Das hatte sie sich wahrlich anders vorgestellt, eine Königin, eine wahre Herrscherin wollte sie an der Seite Yehudis, des Fremden, der sie so fasziniert hatte, sein. Jetzt ist sie eine ziellos umher irrende Obdachlose, die nicht weiß, wohin. Schwanger ist sie obendrein.

Viele Monate sind im Reich der Tausend Kriege vergangen, nachdem Ashaya einige Wochen umher gezogen ist, ihren Sohn, den kleinen Zunar, sie hat ihm den Namen ihrer Heimat gegeben, im Schutze eines sehr alten, großen Baums, ganz allein zur Welt gebracht hat. Er ist gesund, er ist kräftig und entwickelt sich prächtig. Ashaya ist stolz auf ihn, oft denkt sie „Du, mein kleiner Zunar, du bist das Einzige, was mir geblieben ist. Alles habe ich falsch gemacht, falsch, in meinem Streben nach der großen, unendlichen Macht. Jetzt sitzen wir hier und ich weiß nicht, wie es für uns zwei weiter gehen soll." Eine gute Mutter ist sie, keine Frage. Sie ernährt sich von Früchten, die sie am Wegesrand von den Bäumen pflückt, den kleinen Zunar stillt sie voller Hingabe. Aber sie hat kein Heim, keine Wohnung, kein Bett, sie hat nichts, was dem kleinen Zunar ein Zuhause sein könnte. So zieht sie jeden Tag aufs Neue mit ihm weiter, weiter auf der Suche nach irgendetwas, etwas, dass ihr und dem Kleinen vielleicht eine neue Heimat, ein neues Zuhause werden könnte. Es ist eine schwere Zeit für sie, bis sie nach vielen Monaten des Herumirrens endlich einen Platz in einem Tempel des Kriegsgottes findet. Die Priester dort haben ihr eine Zuflucht gewährt, als Gegenleistung hatten sie verlangt, dass sie bei jedem Treffen der Priester tanzen und den Kriegsgott, den sie gar nicht kennt, anbeten müsse. Ihr Innerstes wehrt sich dagegen, aber für den kleinen Zunar ist sie bereit alles zu tun, damit er ein Zuhause hat. Wenn sie tanzt, vergisst sie wo sie sich befindet. Sie kann vergessen, dass sie sich immer noch im Reich der Tausend Kriege, in dem sie einst Königin und Herrscherin sein wollte, befindet. Alles um sich herum kann sie vergessen. Für einen Moment der grausamen Wirklichkeit entrücken, das fühlt sich für sie gut an. Nur den kleinen Zunar, ihren geliebten Sohn, vergisst sie nicht für eine Sekunde, für ihn tut sie alles was in ihrer Macht steht. Sie weiß, die Priester geben auch ihm ein Zuhause. Er kann schon ein paar Schritte laufen und beginnt, einzelne Worte zu plappern. Ihr Herz wird weich, wenn das Wort Mama aus seinem kleinen Mund ertönt. Glücklich ist sie nicht, nein, aber sie hat sich in die Situation gefügt, etwas anderes bleibt ihr nicht mehr für ihr Leben, das weiß sie.

Anthanasius hat, nachdem Ashaya ihn und sein Reich Atlantis verlassen hat, Zuflucht bei Abidan gesucht. Er ist sich treu geblieben, hat keine andere Frau erwählt, die an seiner Seite sein sollte. Mit sanfter ruhiger Hand regiert er sein Reich Atlantis, in das nach der Abreise der Fremden, der Wilden, wieder Ruhe eingekehrt ist. Dankbar ist ihm sein Volk, dankbar dafür, dass es ihm letztendlich gelungen ist, ihr wunderbares Reich von diesen Wilden, die so viel Verwüstung, gebracht hatten, zu befreien. Sie wissen, dass er das größte Opfer selbst gebracht hat. Was sind schon Edelsteine, Gold und alle anderen Schätze, wenn ihrem Herrscher das Herz für immer gebrochen ist. Die Schäden, die die Wilden angerichtet haben, sind fast alle behoben. Die Bauern haben neue Anpflanzungen gesetzt, die Tiere, die die wilden Massaker überlebt haben, haben sich wieder beruhigt und vertrauen den Atlantiden wieder. Keines zieht sich mehr erschreckt, um das Leben fürchtend, zurück. Nein, fast ist alles wieder so, wie es vor dem Einzug der Wilden in das wunderschöne Reich war. Anthanasius und Abijah treffen sich täglich um gemeinsam zu Abidan zu beten, ihn um Vergebung und um Schutz für die vielen herum irrenden Seelen zu bitten. Die zwei Erleuchteten, die dem Abidan so nahe sind, können alle Seelen, die noch nach einem neuen Zuhause suchen, fühlen. Es schmerzt sie körperlich, dass es den Fremden gelungen ist, in die große Schöpfung Abidans einzugreifen. „Anthanasius, mein verehrter Herrscher", Abijah sieht ihn besorgt an. „Anthanasius, wir werden zu unserer Harmonie, zu unserem Einklang zurückkehren. Abidan ist groß, er wird uns beschützen." „Abijah, ich weiß, ich hoffe und bete, dass unser Volk wieder in diesem Einklang leben kann. Aber, höre, Abijah, ich frage mich immer wieder, was wohl aus Ashaya geworden ist. Sie hat mir mein Leben genommen, als sie mit meinem Sohn in ihrem Leib in das Reich der Tausend Kriege gezogen ist." „Verehrter Anthanasius, ich würde gerne für dich eine Antwort bereit haben. Aber bedenke auch hier, Abidan ist groß, er wacht über jede Seele, er wird deinen Sohn beschützen, was auch immer geschehen wird. Auch vor dem Dunklen im Reich der Tausend Kriege wird er ihn schützen, vertraue auf Abidan." So schließt er die Unterhaltung der beiden Männer, beide begeben sich zur Ruhe. Während Abijah in einen tiefen Schlaf fällt, ist der Schlaf des Anthanasius leicht, immer wieder schreckt er auf. Er träumt, träumt in dieser Nacht wieder von seinem Sohn. Mit einem Mal fühlt er sich, wie von einer magischen Hand, fort getragen. Leicht ist er, fast ist es, als würde er fliegen. Und ein magisches, warmes Licht umgibt ihn. Dieses wunderbare Gefühl dauert eine Zeit lang an, da sieht er ihn! Zunar, seinen Sohn, den er unendlich liebt. Ach, wie wunderbar. So ein hübscher, kleiner, aber kräftiger Junge. Anthanasius sieht ihn in einem Tempel aufwachsen. Er sieht, wie sich die Priester des Tempels um ihn bemühen, sie unterrichten ihn. So klein, wie er noch ist, sie unterrichten ihn, seinen Sohn bereits in der Kriegskunst. Kaum sprechen kann er, aber den Umgang mit Waffen muss er schon erlernen. Schrecklich, es bricht ihm das Herz, zu sehen, was die Priester im Tempel des Kriegsgottes seinem kleinen Sohn antun. Auch Ashaya sieht er, er sieht, wie sie sich dem Tanz hingibt. Versunken scheint sie, versunken in eine seltsame Musik, zu der sie tanzt. Die Priester schauen ihr verzückt zu, hübsch ist sie, wie sie sich so der Musik und dem Tanz hingibt. „Wenn sie sich doch nur Abidan, unserem großen Gott des Lichts, so hingegeben hätte. Es wäre alles anders gekommen. Jetzt muss mein kleiner Sohn schon die Kriegskunst, den Umgang mit Waffen erlernen. Nein, Abidan, bitte! Steh mir bei, es ist einfach zu früh. Mein Sohn ist doch noch ein Kind. Das darf nicht sein." Traurig und erschüttert fühlt er, wie er wieder zurück getragen wird und auf seinem Lager ruht, als sei nichts geschehen. Ashaya jedoch hat etwas gefühlt, während sie sich von der Musik tragen ließ. „Mein Sohn, Zunar!" Verzweifelt ruft sie nach ihm. „Zunar, wo bist du?" Panik bricht in ihr aus. Überrascht blicken die Priester sie an. Was ruft die Tänzerin da in ihrer seltsamen Sprache, die sie nicht verstehen können? Zunar, ja, das ist ihr kleiner Sohn. „Zunar, komm, mein Sohn. Komm zu mir! Zunar, eine

Hand hat versucht, dich zu ergreifen. Es droht Gefahr, Gefahr von einer Welt, die du nicht kennst. Ich fühle es genau." Sehr laut und verzweifelt hat sie geschrien, bis sie endlich zusammen gebrochen ist. Die Priester sind verwundert, was ist hier mit der Tänzerin passiert? Hat sie ihre Sinne verloren? Das haben sie schon öfter erlebt, diese Tänzerinnen aus fernen Reichen verlieren oft nach einer gewissen Zeit ihre Sinne weil sie ihr Leben, ihre Heimat, ihre Familie, vermissen. Aber dieses Mal war doch etwas anders, sie haben, während Ashaya zusammen brach, einen magischen Lichtstrahl gesehen. Nein, kein Blitz, dieser Strahl kam wie aus einer fernen Welt. Seltsam magisch war dieser Strahl gewesen. Im Reich der Tausend Kriege hatte man so einen hellen, warmen Lichtstrahl noch nie gesehen. Es hatte gewirkt, als hätte der Lichtstrahl nach der Tänzerin und ihrem Sohn gegriffen, bevor er erlosch.

Anthanasius schreckt aus einem für ihn unwirklichen Traum zurück. Er weiß, er muss seinen Sohn befreien, er muss ihn beschützen vor dem Einfluss der Priester, die ihn, der noch ein kleiner Junge ist, jetzt schon mit dem Dunklen in Berührung bringen. Sofort lässt er nach Abijah rufen. „Abijah, verehrter Abijah. In der Nacht hatte ich einen seltsamen Traum. Ich sah Ashaya, wie sie vor den Priestern eines Tempels tanzte. Diese Priester beten zu ihrem Kriegsgott. Ich sah, meinen Sohn. Meinen kleinen Sohn, den ich so sehr vermisse. Abijah, die Priester unterrichten ihn in der Kriegskunst. Das Dunkle greift schon jetzt nach meinem Sohn. Wir müssen ihn befreien. Ich muss verhindern, dass mein kleiner Sohn dem Dunklen ganz verfällt. Für die Seele der Ashaya können wir nichts mehr tun. Ich habe gesehen, wie das Dunkle längst ihren Geist ergriffen hat. Sie ist verloren. Verloren im Dunklen, Ashaya ist keine Königin, nein, sie ist eine Tänzerin, die mit ihren Bewegungen, ihren Tänzen, die Priester eines

Kriegsgottes verzückt. Es ist zu spät, sie ist verloren." Besorgt schaut Abijah seinen Herrscher an. „Verehrter Anthanasius, bedenke bitte, sie ist die Mutter deines Sohnes. Das Volk wird dich verehren, wenn du deinen Sohn zurückbringst. Zurück in unser wunderbares Reich, über das er einmal herrschen wird. Ich gebe dir Recht, ein Kind sollte niemals die Kriegskunst, die wir so schmählich verachten, erlernen. Es ist ein Verbrechen, was mit deinem Sohn geschieht. Aber bedenke bitte, verehrter Herrscher, du wirst deinem Sohn nur helfen können, wenn du auch seine Mutter zurück bringst. Ein kleines Kind braucht seine Mutter, vergiss das bitte nicht. Wir müssen Beide, Mutter und Sohn, aus den Händen dieser Wilden befreien." „Du hast recht, verehrter Abijah. Dein Alter macht dich sehr weise. Wir werden sofort die Flotte bereit machen lassen und dann reisen wir in das Reich der Tausend Kriege. Mein Sohn wird zu mir zurückkehren. Er wird später der Herrscher über unser wunderbares Reich Atlantis sein. Auf diese große Aufgabe müssen wir ihn schon in seiner frühesten Kindheit vorbereiten. Das Dunkle wird ihn verderben, es wird Besitz von ihm ergreifen, wenn wir nicht handeln. Ich danke Abidan, dass er mir den Weg in dieser Nacht gewiesen hat." Sofort wird die Flotte der Atlantiden bereit gemacht für die große Reise, bereit, den Sohn des geliebten Herrschers Anthanasius zurück in die Heimat zu holen. Die Atlantiden freuen sich für ihren Herrscher, sie sind glücklich darüber, dass er zu sich selbst zurück gefunden hat. Mit flinken Händen ist die Flotte schnell vorbereitet um auf die große Reise zu gehen.

Nach vielen Monaten auf dem Meer trifft die Flotte, allen voran das Schiff ihres Herrschers Anthanasius, im Hafen des Reichen der Tausend Kriege ein. Abijah, der edle Priester, weiß genau, wohin die Reise ins Land gehen muss. Zwei Tagesreisen liegen noch vor ihnen, dann sind sie am Ziel. Dem Tempel, in dem die Priester den

Kriegsgott anbeten. Die Priester sind nicht wenig überrascht, als sie die Fremden vor sich sehen. Der Übersetzer ergreift das Wort. „Priester, dieser edle Mann, unser großer Herrscher Anthanasius, ist gekommen, seinen Sohn zu holen. Gebt ihn uns heraus. Wir haben eine sehr weite Reise gemacht, wir kommen aus dem fernen wunderbaren Reich Atlantis und fordern jetzt den kleinen Sohn unseres Herrschers, der einmal unser Herrscher sein wird." Den Priestern gelingt es kaum ihre Überraschung zu verbergen. Von einem kleinen Jungen, der der Sohn eines Herrschers sein soll, ist hier die Rede. Es gibt im Tempel nur einen kleinen Jungen, einen, den Sohn der Tänzerin, die ihre Sinne nach dem sonderbaren Lichtstrahl verloren hatte. Nachdem sie aus ihrer Ohnmacht erwacht war, hat sie nur ständig nach ihrem Sohn gerufen und geschrien. Längst sind sie ihrer überdrüssig geworden, was sollen sie mit einer Tänzerin, die nicht mehr für sie tanzen kann? Sie können sich nicht mehr an ihr erfreuen und verzücken. Zu allem Überfluss müssen sie sie auch noch versorgen, sie und ihren Sohn. Wenn diese Fremden den Jungen mitnehmen wollen, so soll es geschehen. Schade, der Junge war geschickt, aus ihm hätten sie einen großen Krieger machen können. So klein, wie er war, den Umgang mit den Waffen hatte er sehr schnell gelernt, ein kleiner kluger Junge. Aber seine Mutter…ihr Geschrei war ihnen schnell lästig geworden. Dann sollte es so sein. „Fremder", richtet einer der Priester das Wort an den Übersetzer. „Fremder, begehrst du Zunar, diesen kleinen Jungen hier? Er ist sehr geschickt, aus ihm kann ein großer Krieger werden. Begehrst du ihn?" „Ja, das ist mein Sohn, mein kleiner, geliebter Sohn. Er soll mit uns kommen, in mein Reich. In das wunderschöne Reich Atlantis, über das ich herrsche. Er ist mein Sohn." „Fremder", der Priester wendet sich wieder dem Dolmetscher zu. „Fremder, die Mutter dieses geschickten, klugen Jungen hat all ihre

Sinne verloren. Wir können sie nicht mehr hier bei uns behalten. Wenn du den Jungen nimmst, musst du auch sie mitnehmen. Der Junge ist einen großen Preis wert, seine Mutter bekommst du umsonst. Wir können ihre schrillen Schreie und ihre wirren Blicke nicht mehr ertragen." Anthanasius nickt, nachdem der Übersetzer ihm erklärt hat, dass die Fremden für seinen Sohn ein Vermögen fordern. Nichts anderes hatte er von diesen Wilden erwartet, sie kennen keine Skrupel. Ihm aber ist es jeden Preis wert, seinen Sohn vor den Fängen des Dunklen zu schützen. Schnell kommt der Handel zustande, in weiser Voraussicht hatte er eine große Ladung Gold und Edelsteine mit zum Tempel bringen lassen. Nun treten sie die Rückreise zu ihrer Flotte an, Anthanasius hält stolz seinen Sohn im Arm, nicht eine Sekunde lässt er ihn aus den Augen. Kein Bedauern regt sich in ihm wegen des Schatzes, den er den Fremden, den Wilden, überlassen hat. Sein Sohn ist sein größter Schatz. Ashaya hat teilnahmslos über sich ergehen lassen, dass sie in eine Sänfte gesetzt und nun durch das Land getragen wird. Sie nimmt es kaum wahr, sie bemerkt nicht mehr, was um sie herum geschieht. Manchmal gleitet ihr Blick zu ihrem Sohn, der in den Armen seines Vaters schläft und ein kleines Lächeln erscheint in ihren Mundwinkeln. Für eine Sekunde scheinen ihre Augen wieder wach. Während der ganzen Reise spricht sie kein Wort. Die Rückkehr ins Reich Atlantis gleicht einem Siegeszug, stolz präsentiert Anthanasius seinem Volk seinen kleinen Sohn. Das Volk jubelt ihnen zu, sie können sich nicht satt sehen an dem kleinen Zunar. Stolz sind sie auf ihren Herrscher und seinen entzückenden kleinen Sohn. Anthanasius hat ihm während der langen Monate der Rückreise die Sprache der Atlantiden gelehrt. Er hat ihm von seinem Gott Abidan, dem großen Gott des Lichts, erzählt. Wissbegierig hat der Kleine alles in sich aufgenommen. Vergessen hat er die Kriegskunst, die ihn die Fremden gelehrt hatten. Ashaya hingegen hat während der gesamten Reise nicht ein Wort gesprochen aber verändert hat sie sich. Ihre schrillen Schreie sind verstummt, sie schweigt, kein Wort verlässt ihre Lippen. Ihr Blick wandert wieder und wieder liebevoll zu ihrem Sohn Zunar, still beobachtet sie jede Veränderung, die in ihm vor sich geht. Sie freut sich über jedes Wort, dass er fröhlich vor sich hin plappert. Wenn er zu ihr läuft, um sie zu umarmen, lässt sie es geschehen. Er ist ihr kleiner Sonnenschein, der einzige Lichtstrahl in ihrem Leben. Vielleicht kann er doch ihre Seele, ihren Geist heilen. Anthanasius lässt ihr einen kleinen Palast, direkt neben seinem Herrscherpalast richten. Er weiß, ein Kind braucht nicht nur den Vater, nein, es braucht auch seine Mutter, um gesund und glücklich aufzuwachsen. Gemeinsam mit Abijah, dem edlen Priester, der ihm Zeit seines Lebens zur Seite gestanden hat, sucht er sie in ihrem Palast auf. Lange haben sie darüber gesprochen, wie die Zukunft aussehen soll, bis sie eine Entscheidung getroffen haben. „Ashaya", beginnt er mit sicherer aber ruhiger Stimme. „Ashaya, höre, was wir entschieden haben. Zunar, unser Sohn, wird bei mir im Palast leben. Nur so können wir ihn vor dem Dunklen, das von dir Besitz ergriffen hat, schützen und Abidan wird über ihn wachen. Du aber, Ashaya, du bist seine Mutter. Du sollst ihn immer sehen, wann es dir beliebt. Jederzeit kannst du in meinen Palast kommen und unseren Sohn treffen. Gib ihm deine Mutterliebe, aber keinesfalls wirst du mit ihm allein sein. Nicht einen kleinen Moment, immer, wenn du ihn triffst, wird Abijah, der edle Priester, dem mein vollstes Vertrauen gehört, an eurer Seite sein. Abijah wird Zunar unterrichten, er wird ihn alles lehren, was er wissen muss, um ein guter Diener Abidans zu werden und ein guter Herrscher über unser Reich Atlantis. Stets jedoch wird Abijah an seiner Seite sein, um zu vermeiden, dass das Dunkle durch dich Einfluss auf ihn gewinnt und nach ihm greifen kann. Das werden wir gemeinsam verhindern. Dich hat das Dunkle bereits voll ergriffen, aber Zunar, unseren gemeinsamen Sohn, werden wir davor beschützen. Das wird auch in deinem Sinne sein. Zu Ehren deiner und deines Volkes wird er seinen Namen Zunar, den Namen deiner Heimat, weiter tragen." Willenlos nickt Ashaya, dankbar dafür, dass sie ihren Sohn weiterhin sehen darf. Mit keiner Regung zeigt sie, was sie fühlt. Sie ist zerrissen, völlig ergriffen von dem Dunklen in ihrem Geist, in ihrer Seele. Für sie gibt es keine Rettung mehr, das begreift sie in dieser Sekunde. Immer wird sie eine Fremde sein, jetzt im Reiche Atlantis, früher im Reiche der Tausend Kriege. Als sie Zunar, ihre Heimat, verlassen hat, hatte sie davon geträumt, eine große mächtige Herrscherin zu werden, jetzt ist sie eine Fremde, eine Geduldete. Nur der Gedanke an ihren Sohn hält sie am Leben. An der Seite Abijahs hat der kleine Zunar viel gelernt.

Einige Jahre sind vergangen, der Kleine liebt seinen Vater, er liebt Abijah, seine Mutter Ashaya jedoch, hat er fast vergessen. Anfangs, nach der Rückkehr ins Reich Atlantis war sie jeden Tag in den Palast gekommen um ihn zu sehen. Dann wurden ihre Besuche seltener und seltener, bis sie eines Tages keine Kraft mehr gefunden hatte, sich zu ihrem Sohn zu begeben. So hat Zunar seine Mutter fast vergessen, nur noch manchmal denkt er noch an die traurige Frau, mit der er vor langer Zeit in dem fernen Reich zusammen gelebt hatte. Von ihren Träumen, dort die Königin zu werden, Macht zu haben, hatte Abijah ihm erzählt. Jetzt hat er sie wirklich fast vergessen, er ist auf dem besten Weg, ein Priester, ein Erleuchteter, zu werden. Seinem Gott Abidan, dem großen Gott des Lichts, ist er schon oft sehr nahe gekommen. Es ist Anthanasius und Abijah gelungen, das Dunkle vollständig aus seinem Geist, seiner Seele, zu verbannen. Jeden Tag geht er mit den zwei würdigen Männern zum Gebet in den großen Tempel Abidans.

So auch heute. Heute, als das tragische Unglück passiert. Sie beten gemeinsam, die Männer und der Junge, als plötzlich, wie ein Blitz, ein heller Strahl vom Himmel schießt und Abijah hell erleuchtet. Der edle Priester stürzt der Länge nach auf den Boden, voller Entsetzen reißt er seine Augen auf. Er kann nur noch stammeln, zu entsetzlich ist das, was er gerade gesehen hat. „Wasser, viel Wasser, die Flut. Oh, Abidan, beschütze uns. Oh, das Unheil naht. Anthanasius, bring sie alle in Sicherheit. Eine große Flut wird alles zerstören. Ihr werdet euch nicht retten können. Anthanasius, bitte, bleib dir immer treu, bleibe Abidan treu, was auch kommen mag. Es gibt keine Rettung. Das Unheil, ein großes Unheil, eine große Flut wird über uns kommen. Es gibt keine Rettung." Kaum hat er diese entsetzlichen Worte gesprochen, schießt aus seinem Herzen ein heller, warmer Lichtstrahl in den Himmel und er schließt für immer seine Augen. Seine letzte Reise hat begonnen, Abidan wird seiner Seele ein neues Zuhause geben, Abidan wird ihn vor dem großen Unheil beschützen, das Reich Atlantis jedoch, es wird untergehen. Das hat er mit eigenen Augen gesehen. Die Züge des Entsetzens bleiben in seinem Gesicht ... sie haben sich tief eingegraben, für immer.

Vor einer Ruine mit unzähligen Eingängen zu verschiedenen Höhlen, in der heutigen Zeit bezeichnet man diese Ruine als das damalige mächtige Reich Sonnentanz, hält sich ein junger Mexikaner auf. Sehr markante Gesichtszüge hat er, er trägt einen schwarzen Bart und lange schwarze Haare, die ihm bis auf die Schultern reichen. Er ist aufgeregt, fast verzweifelt. Sein Name ist Juan. Er hat eine große Aufgabe. Seinen treuen Freund, seinen Weggefährten, Adrian von Liechtenstein, muss er aus einer dieser Höhlen retten. Nicht wieder zurückgekehrt ist er, Adrian von Liechtenstein. Alles hatten sie getan, um ein Unglück zu vermeiden. Mit einem Seil hatten sie sich gesichert, einem Seil, fest an einen uralten Baum geschnürt, mit dem sicheren Gefühl, dass ihnen nichts zustoßen würde. Aufgeregt und voller Neugier waren sie in dem Eingang zur ersten Höhle verschwunden. Fasziniert waren sie von den unzähligen Höhlenmalereien aus einer früheren Zeit. Aus der Zeit der Vorfahren des Juan. Und jetzt ... jetzt hatte Juan, wie von einem Blitz getroffen, für eine Zeit lang wie fest genagelt, vor der Höhle, wie in einer Ohnmacht, verharrt, bis er endlich wieder zu Bewusstsein gekommen war. Er weiß, sein Freund, Adrian von Liechtenstein, der verträumte deutsche Forscher, der Entdecker mit der fixen Idee, er muss noch irgendwo in der Höhle sein. Zurück gelassen hatte er ihn in einer kleinen Nische, auf der Suche nach dem Ende der Geschichte, die aus reiner Höhlenmalerei besteht. Wie mochte wohl das Ende der Geschichte sein? Er weiß, es ist die Geschichte seiner Vorfahren, die sie dort entdeckt haben. Aber das Ende, das Ende hatte Adrian in dieser mysteriösen Nische gesucht, der Nische, in der er nun vielleicht schon sein Leben gelassen hatte. Auf rätselhafte Art und Weise hatte sich das Seil, mit dem sie sich gesichert hatten, gelöst und lag, fein säuberlich unter dem großen Baum, an dem sie es befestigt hatten. Was war hier nur geschehen? Juan kann sich das alles nicht erklären, nachdem er nun seine Gedanken wieder gründlich gesammelt hat, beginnt er. Er weiß, es ist nicht mehr viel Zeit. Zeit, seinen Freund aus der Höhle zu bergen. Die Atemluft wird langsam knapp werden, Platz gibt es nicht viel in der Nische, in der er Adrian zurück gelassen hat. Nochmal nimmt er das Seil, befestigt es mit festen Knoten an dem großen Baum. Dann betritt er vorsichtig den Eingang, den sie zusammen betreten hatten und den er allein verlassen hat. Vorwürfe macht er sich, hätte er doch seinen Freund nicht dort allein gelassen. Warum hatten sie ihr Vorhaben nicht auf den morgigen Tag verschoben? Es ist furchtbar dunkel in der Höhle, eine Lampe hat er nicht mehr, die hat Adrian bei sich. Vielleicht findet er ihn durch das Licht der Lampe? Natürlich weiß er nicht, dass die Lampe längst erloschen ist. So muss er sich langsam voran tasten, während dessen ruft er laut den Namen seines Freundes. Das einzige, was er hört, ist seine eigene Stimme. Seine Stimme, wie sie ruft und wie sie von den Wänden der Höhle zurück schallt. Mehr hört er nicht in diesem Dunkel. Seine Augen gewöhnen sich sehr langsam an die Dunkelheit, aber mehr als Umrisse kann er nicht erkennen. Er muss voran, seinen Freund Adrian finden. Er muss ihn finden, muss seine Angst, die ihn erfüllt, unterdrücken. Plötzlich kann er fühlen, wie eine Stimme nach ihm ruft. Oder ist es die Angst, die seine Sinne umnebelt? Da, da ist sie wieder, diese Stimme. Dunkel ist sie, von weit her kommt sie, sie ruft wieder nach ihm. „Juan, komm. Hier. Komm, Juan." Merkwürdig, sein Herz pocht ihm bis zum Hals, wer ruft da in dieser dunklen Höhle nach ihm? „Juan, beeil dich. Es ist nicht mehr viel Zeit. Beeil dich." In der Dunkelheit tastet er sich weiter voran, weiter, in die Richtung, aus der er meint, die Stimme zu vernehmen. „Wer ruft nach mir? Vielleicht ist es Adrian, der irgendwo hier in einer misslichen Lage steckt? Wer ruft mich?" Und wieder, „Juan, komm. Du hast eine Aufgabe. Du musst etwas gut machen. Komm, erfülle deine Aufgabe." Jetzt fühlt er sich, fast wie vorhin, als sie gemeinsam in die Höhle kamen, sich irgendwie magisch in die Höhle hinein gezogen. Ja, dieses Gefühl hatten sie vorhin schon bei ihrer ersten Erkundung gespürt. Es ist, als würde ihn die Höhle einsaugen. „Juan, komm. Vergiss nicht, du hast eine Aufgabe. Du musst deine Schuld abtragen. Komm, komm hierher, komm zu mir." Eine Schuld? Was für eine Schuld? Er war bisher immer ein ehrlicher Mann gewesen, hatte sich niemals etwas zu Schulden kommen lassen. Waren seine Sinne vielleicht schon durch den mangelnden Sauerstoff hier unten vernebelt? Konnte er nicht mehr klar denken? Er tastet sich weiter voran, in die Richtung, aus der er meint, die Stimme zu hören. „Juan, komm, es ist an der Zeit, deine Schuld zu sühnen." Warum spricht die Stimme immer von einer Schuld? Und…woher kommt diese Stimme. Juan fühlt, wie die Höhle ihn immer weiter in sich hinein zieht. Er kann sich nicht dagegen wehren, magisch zieht sie ihn immer weiter. Und dann, diese Stimme. Da hört er sie schon wieder. „Juan, komm, du bist auf einem guten Weg. Du musst deine große Schuld sühnen. Komm, zu mir. Ich werde dir erklären, welche Schuld auf deinen Schultern lastet und wie du sie abtragen kannst. Komm, Juan. Hab keine Angst." Seltsam, immer wieder spricht diese Stimme von einer Schuld zu ihm. Er tastet sich weiter durch das Dunkle voran, da hört er sie wieder, „Juan, komm zu mir. Abidan, der große Gott des Lichts, wird dir helfen. Er wird dir helfen, das Dunkle aus deinem Geist, aus deiner Seele, zu verbannen. Sei voller Vertrauen. Komm zu mir. Hab keine Angst, komm zu mir." Wer ist Abidan, von dem die Stimme spricht? Noch niemals in seinem Leben hat Juan diesen Namen gehört, dieser Name ist ihm völlig fremd. Wer mag das sein? Und das Dunkle, von dem Stimme spricht? Das Dunkle, das kennt er nicht. Er weiß nicht, was die Stimme von ihm will. Und eine Schuld, er weiß nichts von einer Schuld, die er auf seinen Schultern trägt. Endlich fasst er sich ein Herz und beginnt nach seinem Freund zu rufen.

„Adrian, wo bist du? Adrian, halte aus, ich komme. Wo bist du, mein Freund? Ich komme zu dir." „So ist es gut. Komm zu mir, Juan. Komm." Nein, das ist nicht die Stimme Adrians, seines Freundes. Da hat wieder die merkwürdige Stimme gesprochen. Vorsichtig tastet er sich weiter voran, gleich ist er an der Nische angekommen, an der er seinen Freund allein zurück gelassen hat. Er tastet noch einmal nach dem Seil, das er sich um die Hüfte gebunden hatte. Sein Herz stockt, das Seil ist weg. Das kann doch nicht wahr sein! Er hat es so sorgfältig verknotet, damit er den Weg zurück finden kann, damit ihm nichts zustößt. Und jetzt … es ist weg! „Ich bin verloren", wieder ruft die Stimme seinen Namen. „Juan, hab keine Angst. Alles wird gut werden. Gleich wirst du mich sehen, du wirst diese Höhle gesund und heil, gemeinsam mit deinem Freund Adrian verlassen. Komm weiter, gleich ist es so weit." Noch ein paar Zentimeter, dann ist er am Eingang der kleinen Nische angekommen. Er tastet vorsichtig nach einem Halt, plötzlich hat er den Eindruck, als hätte sich die Nische geweitet. Was ist das? Vorhin war sie so klein, dass sich gerade nur sein Freund Adrian hinein zwängen konnte und jetzt … jetzt kann er aufrecht hinein gehen. Im selben Moment fühlt er, wie sich die Nische noch weiter öffnet. Er sieht ein Licht aus der Ferne, ein Licht, ein warmes Licht, das sich ihm nähert. Auf wundersame Weise verspürt er keine Angst, keine Furcht mehr. Sein Herz schlägt gleichmäßig, seine Sinne sind wach. Jetzt erscheint die kleine Nische vollständig in einem warmen Licht, sie ist nicht mehr klein, nein, es ist ein großer, warmer Raum. Juan sieht sich kurz um, da kann er es erkennen! Er kann den Ausgang der Geschichte, von der sie den Anfang gesehen hatten, erkennen. Seine Augen weiten sich vor Überraschung. Aus der Ecke des Raumes tritt ein alter Mann auf ihn zu. Seine Gesichtszüge sind tief zerfurcht, sein Haar ist lang und grau, das zerfurchte Gesicht wird von einem langen, grauen Bart fast vollständig verdeckt. Er trägt einen Umhang aus einem Gewebe, einem Material, das Juan noch nie im Leben gesehen hat. „Yehudi, du bist gekommen, um deine Schuld zu sühnen." Was? Wer ist Yehudi? Was will dieser alte Mann von ihm und woher kommt er so plötzlich? Was soll das hier werden? Juan sieht den Alten überrascht an. „Wer ist Yehudi? Alter, was willst du von mir? Und warum sprichst du von einer Schuld, ich bin ein ehrenwerter Mann. Ich habe mir noch nie etwas zu Schulden kommen lassen? Wo bin ich eigentlich? Und wer bist du, Alter? Erkläre es mir." Der Alte tritt auf ihn zu, er schaut ihm tief in die Augen. „Ja, Yehudi, du bist es. Ich wusste es. Du bist es wirklich, Yehudi. Tausende von Jahren habe ich auf dich gewartet, damit du deine Schuld, die du auf dich geladen hast, endlich sühnst. Abidan vergisst nie eine Schuld, er wird dir helfen, sie abzutragen." „Alter", Juan schüttelt verständnislos den Kopf, „Alter, was soll das? Ich bin nicht dieser Yehudi, von dem du sprichst. Ich bin Juan. Bitte versteh das. Hast du deinen Verstand verloren? Was machst du hier unten?" „Komm, Yehudi, folge mir." Juan fügt sich in sein Schicksal, hier unten, in der Höhle bleibt ihm kaum etwas anderes übrig, als dem Alten zu folgen. Er hofft, dass er ihn zu Adrian führen wird. Oder, wenn nicht, vielleicht weiß er, wo es einen Ausgang gibt. Es wird Zeit, ans Tageslicht zurück zu kehren. Der Sauerstoff wird sicherlich schnell wieder knapp, vielleicht hat Juan aber auch nur einen Traum. „Yehudi, setz dich", der Alte deutet auf ein Sitzmöbel, so ein Sitzmöbel, ähnlich einem Stuhl ohne Lehnen, mit breiten Füßen, so eines hat Juan noch nie gesehen. Aber er setzt sich widerspruchslos, er will den Alten nicht erzürnen oder

verärgern. So, wie es aussieht, ist der Alte seine einzige
Chance, die Höhle wieder lebend zu verlassen. „Yehudi,
hör zu. Hör ein einziges Mal in deinem Leben auf meine
Worte." Schon wieder dieser Yehudi, wer mag das sein?
Und was hat der Alte immer mit diesem Yehudi? „Alter,
ich bin nicht Yehudi. Du irrst. Ich bin Juan. Aber sag,
Alter, wer bist du? Was machst du hier unten? Wie bist
du hier her gekommen? Und sag, weißt du vielleicht, wo
mein Freund Adrian, Adrian von Liechtenstein sich
befindet? Ich vermisse ihn und bin zurückgekommen,
ihn zu finden." Der Alte setzt sich Juan gegenüber auf
sein Sitzmöbel, langsam beginnt er zu erklären, „Yehudi,
hast du wirklich alles vergessen. Erkennst du mich nicht
mehr? Erkennst du den großen Anthanasius nicht mehr?
Der, dem du den größten Schatz, seine Ehefrau,
gestohlen hast? Erinnerst du dich nicht?" „Alter, bitte,
was sprichst du? Ich habe noch nie gestohlen." „Yehudi,
ich bin Abijah, der edle, erleuchtete Priester Abidans,
dem großen Gott des Lichts. Viele tausend Jahre habe
ich hier auf dich gewartet." „Was? Viele tausend Jahre?
Alter, wie alt bist du? Und was redest du?"
Verwunderung macht sich in Juans Gesicht breit, der
Alte will schon viele tausend Jahre alt sein? Alt ist er,
keine Frage. Aber viele tausend Jahre? Niemals, kein
Mensch kann so alt werden. „Yehudi, es ist wahr. Hör
mir zu, ich bin Abijah. Ich bin wirklich viele tausend Jahre
alt, so alt wie unsere Welt, so alt bin ich auch. Ich lebe
seit Tausenden von Jahren hier unten in dieser Höhle.
Immer habe ich auf dich gewartet, damit du deine
Schuld, die du an Anthanasius begangen hast, wieder
gut machen kannst." „Alter, wie kannst du hier unten
leben? Wie bist du so alt geworden, wie du sagst? Das
ist unmöglich!" Der Alte bedenkt Juan mit einem warmen
Blick. „Yehudi, heute bist du Juan. Das stimmt. So wie
ich Abijah bin. Ich bin erleuchtet von Abidan, dem
großen Gott des Lichts. Er schenkt mir das Licht, das ich
zum Leben brauche. Ich lebe wirklich schon seit vielen

Tausenden von Jahren hier unten. Meine Heimat, das große Reich Atlantis, war dem Untergang geweiht. Abidan hat mir die Vision gesandt. Meine Seele, meinen Geist hat er gerettet, er hat mich vor der großen Flut, die über unser Reich gekommen ist, gerettet. Er hat meiner Seele, meinem Geist ein Zuhause in diesem Körper, der nur von seinem Licht leben kann, der keine Nahrung benötigt, gegeben, bevor das wunderbare Reich Atlantis unterging. Ich bin dankbar, dass er mir dieses große Unglück, diesen grausamen Tod, den die Atlantiden erleiden mussten, erspart hat. Jeden Tag beweise ich ihm meine Dankbarkeit. Du, Yehudi, du, jedoch, du hast vor dem Untergang großes Unheil über Atlantis gebracht. Du, Yehudi, du warst der grausame Herrscher des Reiches der Tausend Kriege. Du hast unserem Herrscher Anthanasius die Frau geraubt, du und deine Männer haben vielen Seelen, die in unseren Tieren und Pflanzen gewohnt haben, das Zuhause genommen. Gold und Edelsteine hat unser großer Herrscher Anthanasius dir und deinen Männern gegeben, damit du unser Reich mit deinen Männern verlässt. Das aber war dir nicht genug, Yehudi. Du musstest auch noch unsere Herrscherin, die große Ashaya, mit zu dir ins Reich nehmen. Sie und ihren ungeborenen Sohn, den Sohn unseres großen Anthanasius. Du hast ihm alles genommen, was ihm lieb war. In deinem Reich der Tausend Kriege hast du Ashaya nicht zu deiner Königin gemacht. Du hast sie verstoßen, du hast sie verachtet, weil sie das Kind des Anthanasius in sich trug. Ashaya, die Arme, sie irrte lange Zeit ziellos herum, bis sie Zuflucht im Tempel eures Kriegsgottes gefunden hatte. Das Dunkle hatte sich ihres Geistes vollständig bemächtigt. Oh, Yehudi, welche große Schuld hast du auf dich geladen. Gerade noch rechtzeitig, hat Abidan, unser großer Gott des Lichts, Anthanasius den Weg zu seinem Sohn gewiesen. Sofort sind wir in dein Reich, das Reich der Tausend Kriege, gereist, um ihn aus euren Fängen, aus eurem Verderben, zu befreien. Das Dunkle hatte auch bereits von seinem Geist Besitz ergriffen, ihr ließt ihn als kleinen Jungen schon die Kriegskunst erlernen." Juan sitzt fassungslos auf seinem Sitzmöbel, Bilder sieht er vor sich. Schreckliche Bilder, Bilder von einer wilden, entsetzlichen, grausamen Jagd. Einer Jagd, bei der Tiere bis in den Tod hinein gehetzt wurden. Er sieht zertrampelte Blumenfelder, Tierkadaver, verschreckte Menschen, die schnell in ihre Häuser laufen. Vor seinem inneren Auge spielt sich die grausame, schicksalhafte Jagd im Reiche Atlantis, noch einmal ab. Er sieht einen großen, gewaltigen Löwen, der sich im Arm einer Frau verbeißt. „Yehudi, in deinem Geist, in deiner Seele, wohnt das Dunkle. Du warst der Herrscher eines grausamen, wilden Volkes. Dem Reich der Tausend Kriege. Ein Kriegsvolk. Töten hat euch Freude und Vergnügen bereitet. Keine Rücksicht habt ihr genommen, keine Rücksicht auf ein Lebewesen. Gnadenlos und zum Spaß habt ihr alles getötet, was euch vor die Waffen gekommen ist. Ihr wart wahrlich ein schreckliches Volk. Über unseren großen Gott Abidan habt ihr euch lustig gemacht. Atlantis war nach eurem Besuch nie wieder das prachtvolle Reich, das es einmal war. Ihr tötetet so viele Tiere, dass es Abidan nicht mehr möglich war, ihren Seelen ein neues Zuhause zu geben. Wenn die Seelen plötzlich aus ihrem Körper, aus ihrem Zuhause gerissen werden, irren sie heimatlos durch die Zeit. Sie suchen verzweifelt ein neues Zuhause. Genauso ließt ihr auch Ashaya, unsere Herrscherin hilflos durch euer Reich irren, nachdem du sie verstoßen hattest. Die arme Ashaya war gezwungen, ihr Kind allein zur Welt zu bringen und vor euren Priestern zu tanzen. Wie eine billige Tänzerin, bis unser großer Gott Abidan ihr die Gnade schenkte und sie all ihre Sinne verlieren und vergessen ließ, wer sie einst war. Jetzt, nun ist es an der Zeit, dass du deine Schuld, die du Anthanasius, dem großen Herrscher des wunderbaren Reiches

Atlantis, angetan hast, endlich sühnen kannst. Ja, Yehudi, jetzt kannst den Schaden wieder gut machen, den du vor Tausenden von Jahren angerichtet hast. Deine Zeit, Yehudi, ist gekommen." Juan ist still geworden, weiter ziehen die Bilder lang vergangener Zeiten wieder durch seinen Kopf. „Aber, bitte Alter, erkläre mir, erkläre mir das alles. Ich lebe doch heute, ich bin nicht Yehudi, wie du sagst. Ich bin Juan und ich lebe gemeinsam mit meiner kleinen Familie. Mir gehört ein kleines Café, mit dem ich gerade so für meine Familie sorgen kann. Vor einiger Zeit ließ ich meine Familie und mein Café zurück. Zurück für ein Abenteuer, ein Abenteuer, von dem mich Adrian von Liechtenstein, überzeugt hat. Plötzlich hatte ich das Gefühl, alle Antworten auf meine Fragen zu finden. Wir suchten gemeinsam nach Sonnentanz, ich habe Adrian, meinen Freund, in dieser Höhle zurück gelassen. Und jetzt, Alter, sitze ich hier vor dir. Hilf mir, gib mir eine Erklärung für all das." „Juan, in der heutigen Zeit, in der heutigen Welt, ist dein Name Juan. Früher aber, vor Tausenden von Jahren, war dein Name Yehudi. Juan, deine Seele, die deinen Geist umhüllt, ist Tausende von Jahren alt. Wenn dein Körper stirbt und Abidan, der große Gott des Lichts, es bestimmt, findet sie ein neues Zuhause. In deinem jetzigen Leben hat sie ihr Zuhause in deinem Körper, im Körper eines ehrenwerten Mannes, der ein Nachfahre des edlen Volkes ist, das hat Abidan so bestimmt. Bewahre deiner Seele, deinem Geist, ein gutes Zuhause. Trage dafür Sorge, dass du dir immer treu bleibst. Lade keine weitere Schuld auf dich und Abidan wird dir ein glückliches, erfülltes Leben schenken. Dein treuer Freund Adrian von Liechtenstein, von dem du sprichst, in ihm wohnt eine besondere Seele, ein besonderer Geist. Du hast es sicherlich bemerkt, er ist eines edlen Geistes, ein sehr feiner Mann. Niemanden kann er Schaden zufügen. In seinem Körper wohnt die große Seele, der edle Geist des edlen Anthanasius.

Dem Anthanasius, der einst Herrscher über das wunderbare Reich Atlantis war. Sein Volk hat ihn wegen seiner Güte, seiner feinen Sinne und seines Geistes geliebt und verehrt. Anthanasius war der größte Herrscher aller Zeiten, das Reich Atlantis war ein wunderbares Reich, bis das große Unheil es vernichtet hat. Du, Juan, du hast Anthanasius, dessen Geist, dessen Seele, jetzt in Gestalt von Adrian von Liechtenstein zu dir zurückgekehrt sind, du hast ihm seinerzeit alles genommen. Jetzt ist die Zeit gekommen, du kannst deine Schuld an seiner Seele wieder gut machen. Gleich wirst du ihn finden, dann wirst du ihn zurück ans Tageslicht bringen und er wird in Kürze wieder genesen. Auch er, er hat eine sehr große Reise durchlaufen. Er weiß jetzt um die Herkunft seiner Seele, ja, er weiß die Antworten auf alle seine Fragen und die Antworten auf die Fragen, die dich schon seit langer Zeit beschäftigen. Wenn er wieder ans Tageslicht tritt, wird er sie womöglich vergessen haben. Die wird es sehr wahrscheinlich auch so ergehen. Aber ihr beide, ihr beide, wart vor langer Zeit, vor vielen Tausenden von Jahren, Feinde. Ihr habt euch bekämpft. Heute, nach so langer Zeit, gibt es die große Möglichkeit, Schuld wieder gut zu machen. Schuld wieder abzutragen." „Alter", Juan hat dem Alten wortlos zugehört. Viel hat er erfahren, vieles hat er verstanden. Seine Seele hat schon einmal gelebt, vor vielen Jahrtausenden? „Alter, bitte. Erkläre mir, ich weiß, meine Vorfahren waren kluge Menschen. Die Menschen im Reich Sonnentanz waren ein großes Volk, eine große Kultur. Alter, sag mir, hat meine Seele auch bei ihnen ein Zuhause gefunden?" „Yehudi, Juan", liebevoll wissend schaut ihn der Alte an. Seine Gestalt ist von einem warmen, fast magischen Licht, umgeben. „Hör zu, Yehudi. Ich werde es dir erklären. Es ist eine traurige, unendlich traurige Geschichte, die deine Vorfahren mit sich tragen. Abidan, der große Gott des Lichts, konnte den unzähligen Seelen, die nach eurer großen Jagd heimatlos durch das Reich Atlantis irrten, er konnte ihnen kein Zuhause mehr geben. Das Dunkle hatte sich ihrer bemächtigt, so irrten sie weiter ziellos durch das Reich und verbreiteten sich, sie brachten das Dunkle in das einst so wunderbare, lichtvolle Atlantis. Es war eine unfassbar große Katastrophe. Abidan musste die Flut schicken. Die Flut, die das einst so wunderbare Reich, in dem Menschen, Tiere und Pflanzen in einem harmonischen Einklang lebten, er musste es vernichten. Er musste es mit einer Flut vernichten um zu verhindern, dass das Dunkle sich weiter über die Welt, durch das Universum verbreiten konnte. Nur einige Seelen, die die ihm am nächsten waren, konnte er überleben lassen. Das Dunkle aber musste restlos vernichtet werden. Nur durch eine Flut, eine große Flut, die alles vernichten würde, konnte das geschehen. Die Überlebenden, die Erleuchteten, diese aber, sie sind deine Vorfahren, die Bewohner des Reichs Sonnentanz, von denen du gerade sprichst. Ja, sie sind deine Vorfahren, Yehudi, Juan, die Bewohner des Reichs Sonnentanz sind aber auch die Nachfahren der Atlantiden." „Alter, dann ist dein Name Abijah, richtig?" „Ja, so ist es. Ich bin Abijah, der edle Priester des großen Gottes des Lichts, Abidan." „Aber, Abijah, dann sag mir, was ist mit meiner Seele? Wenn dem so ist, wie du sagtest, und alles Dunkle wurde durch die große Flut vernichtet, warum konnte meine Seele, mein Geist, überleben? Erkläre es mir. Bitte." „Yehudi, du hattest eine große Schuld auf dich geladen. Deine Schuld war so groß, dass du sie abtragen musst. Es ist die Strafe Abidans für dich. Du bist daran schuld, dass es mit Atlantis so ein tragisches Ende nehmen musste. Lange ist deine Seele herum geirrt, im deinem Reich der Tausend Kriege hast du nie Ruhe gefunden. Dein Volk hat immer wieder neue brutale Kriege mit den anderen Völkern begonnen. Unzählige Menschen habt ihr sinnlos getötet, nur um noch mehr Macht zu erreichen. Nach deinem Tod als

Yehudi konnte deine Seele nicht von Abidan in ein neues Zuhause entsendet werden. Sie hat während der vielen vergangenen Leben viel leiden müssen, das war ihre Strafe. Die Strafe, die ihr von Abidan zugewiesen wurde. Endlich, nach vielen, vielen Leben, in der deine Seele immer wieder aufs Neue leiden musste, hat sie in dir, Juan, ein neues Zuhause gefunden. Du bist ein guter Mann, hast ein reines Herz. Damit es so bleiben kann und das Dunkle dich nicht eines Tages ergreift, bekommst du jetzt von Abidan die Aufgabe, deinen Freund, den du Adrian von Liechtenstein nennst, in dem aber die Seele des großen Anthanasius ihren Platz gefunden hat, ihn musst du erretten. Ich werde dir dabei zur Seite stehen, gleich führe ich ihn zu dir. Aber vorher musst du mir eines versprechen. Sprich niemals über das, was du hier erlebt hast. Abidan, der große Gott des Lichts, wünscht das nicht. Für immer sollst du darüber schweigen. Du darfst auch nicht von den vielen Höhlenmalereien, die du mit Adrian entdeckt hast, sprechen. Wenn du gleich mit ihm die Höhle verlässt, wirst du alles vergessen haben. Du wirst denken, du hast einen wunderbaren Traum gehabt. Glaube mir, die Menschen sind neugierig, sie sind sensationssüchtig. Abidan, der große Gott des Lichts, die anderen Priester, die du hier in Gestalt von versteinerten Statuen erkennen kannst, wir könnten keine Ruhe finden. Menschenmassen würden versuchen, in die Höhlen vorzudringen. Sicher auch mit schwerem Gerät, sie würden alles zerstören. Keine Menschenseele darf von diesem wunderbaren Ort erfahren. Erst dann, wenn die Zeit gekommen ist, wenn Abidan es so will und die Menschen bereit sind, erst dann darf die Menschheit von allem erfahren, was seinerzeit geschehen ist. Jetzt ist es zu früh. Die Menschen sind so sehr mit sich und dem Weltlichen beschäftigt, sie würden für etwas Ruhm oder Reichtum hier ohne Skrupel alles zerstören. Bitte, Juan, Yehudi, schwöre mir, dass du alles vergessen wirst, wenn du die Höhle verlassen hast." „Abijah, du hast Recht, ich weiß, wie die Menschen sind. Ich verspreche, zu keiner Menschenseele werde ich über mein Erlebnis sprechen. Niemand wird etwas erfahren. Ich schwöre es bei meiner Familie. Ich weiß nun alles, was ich wissen wollte. Es ist sicher, die Bewohner des Reichs Sonnentanz sind meine Vorfahren. Das macht mich zu einem stolzen Mann, sie haben in meinem Herzen ein Zuhause. Und bitte, Abijah, bitte, bete zu deinem Gott Abidan, dass er meine Seele, meinen Geist auch in Zukunft beschützen möge. Ich habe verstanden, ich muss meine Schuld, die ich vor langer Zeit auf mich geladen habe, abtragen. Möge dein Gott Abidan mir dabei helfen." Die Höhle, in der sich die beiden unterschiedlichen Männer befinden, scheint für einen Moment noch heller erleuchtet. Es scheint, als hätten alle steinernen Statuen für einen Moment die Augen aufgeschlagen und ihre Hände zum Gebet gefaltet. „Sieh, Yehudi, Juan, sie beten alle für dich zu Abidan. Nutze deine Chance und du wirst ein glückliches Leben führen können." Kaum hat Abijah diese Worte zu Ende gesprochen, verdunkelt sich die Höhle genauso schnell, wie sie vorher erleuchtet war. Wie von Zauberhand getragen, wird Juan in Richtung Tageslicht befördert. Er kann sich nicht erklären, wie er hier hin gekommen ist. Bewegt hat er sich nicht, dass weiß er genau. Dann hört er eine Stimme aus einer Ecke der Höhle. Diese Stimme kennt er genau, er beeilt sich. Sein Freund Adrian, Adrian von Liechtenstein. Er lebt. „Adrian", Juan kann seine Überraschung kaum verbergen. „Adrian, halt aus. Wo bist du? Warte einen Moment, ich komme." Schnell macht er sich daran, zu seinem Freund, dem verträumten Deutschen, dem Forscher Adrian von Liechtenstein, zu gelangen. Da liegt er, in einer Ecke. Er ist bei Bewusstsein, er hat das Abenteuer in der Höhle überlebt. „Adrian", Juan fehlen die Worte. Tränen treten ihm in die Augen. „Adrian, was ist mit dir? Komm, versuch mal, deine Arme und deine Beine zu bewegen. Ich muss sehen, ob alles mit dir in Ordnung ist. Sprich nicht so viel, Adrian, die Luft ist sicher knapp. Strenge dich nicht an." Es sieht gut aus, Adrian von Liechtenstein kann alle seine Gliedmaßen bewegen, nichts ist gebrochen. Sehr benommen ist er. „Juan, sag mir. Wo sind wir? Ich habe keine Erinnerung mehr. Warum sind wir hier?" „Gott sei Dank, er erkennt mich. Es wird alles gut werden. Jetzt muss ich ihn nur noch hier raus bringen", er ist ein treuer Freund. „Komm, sei vorsichtig, Adrian. Wir werden uns jetzt langsam auf den Weg machen. Auf den Weg ins Freie, ins Tageslicht. Die frische Luft wird dir gut tun. Komm, sei vorsichtig. Gleich geht es dir besser. Glaub mir." Vorsichtig bewegen sich die zwei Männer in Richtung Ausgang, sie können das Tageslicht erkennen, da werden die Schritte schneller. Vergessen ist alle Vorsicht, sie wollen nur noch die Höhle verlassen und an die frische Luft gelangen. „Juan, sag mir bitte. Was ist passiert? Habe ich geschlafen? Ich weiß es nicht, ich hatte einen Traum. Mir ist, als hätte ich meinen Körper verlassen, ich sah meinen Körper ruhend, während ich vieles sah. Vieles Wunderbare. Sag mir, Juan. Was ist mit mir geschehen? Ich kann es mir nicht erklären. Wie lange war ich da unten?" „Oh, Adrian. Einige Stunden sind vergangen, seit wir in den Eingang der Ruine verschwunden sind. Plötzlich war unser Sicherungsseil gelöst, ich ging zurück, weil es für uns beide da drinnen zu eng wurde. Du, Adrian bliebst noch, du bliebst, weil du etwas entdecken wolltest. Etwas, an das ich mich nicht mehr erinnere. Als ich aus der Höhle trat, sah ich, wie unser Sicherungsseil fein säuberlich aufgerollt unter dem Baum dort lag. Dann traf mich ein Blitz. Als ich wieder zu mir kam, war ich wie benebelt. Erst später erinnerte ich mich daran, dass du noch in der Höhle befinden musstest. Ein schreckliches Gefühl, ich wusste nicht, ob dir etwas zugestoßen war. Ob du noch lebtest, oder hattest du es vielleicht geschafft, die Höhle allein zu verlassen? Oder hatte dich die mangelnde Atemluft bereits getötet. Ich kann nicht sagen, wie lange ich bewusstlos war von dem Blitz. Ich kann es wirklich nicht sagen. Eines jedoch weiß ich genau, ich habe dich, Adrian, meinen treuen Freund, lebend vorgefunden. Gemeinsam, beide lebend, haben wir die Höhle verlassen. Ich danke Gott dafür. Bitte Adrian, lass uns diese Höhle, diese Ruine des großen Reichs Sonnentanz, lass sie uns vergessen. Fast hätten wir beide unser Leben gelassen. Nein, lass uns alles vergessen. Lass die Vergangenheit mit ihren Geheimnissen ruhen. Lass uns zurückkehren, ich möchte zurück zu meiner Familie, zu meiner Frau. Du hast die Zeit in der Höhle gesund überstanden, ich habe den Blitzschlag überlebt. Nein, lass uns dankbar sein und zurückkehren." Nachdenklich sieht Adrian von Liechtenstein seinen Freund an. „Er hat Recht", denkt er bei sich. „Ja, Juan, du magst recht haben. Das Leben hat uns eine zweite Chance gegeben. Es wurde uns beiden noch einmal geschenkt, wir sollten dieses kostbare Gut zu schätzen wissen. Lass uns zurückkehren. Wir haben hier fast beide unser Leben verloren. Wir gehen zurück. Ich habe meine Aufzeichnungen, es ist gut so, wie es ist. Wir gehen zurück. Ich möchte deine Familie und deine Frau kennenlernen. Mir ist es bis jetzt vorbehalten geblieben, eine Frau zu lieben. Aber die Liebe und das Leben sind die kostbarsten Güter, die Menschen besitzen. Also, lass uns zurück gehen. Wir nehmen uns alle Zeit der Welt für die Rückreise, aber lass uns aufbrechen, gleich morgen, wenn die Sonne am Himmel aufgegangen ist, werden wir unsere Heimreise antreten. Jetzt lass uns noch ein Abendbrot zu uns nehmen, dann werden wir beide ruhen. Morgen früh geht es dann zurück. Zurück in unsere alten Leben." Tatsächlich haben beide keine Erinnerung mehr an das, was sie in der Ruine erlebt haben. Beide fühlen eine tiefe Zufriedenheit in ihren

Herzen, sie schauen noch einmal gemeinsam auf Adrians Aufzeichnungen. „Schau, Juan. Diese Zeichnungen, die wir in den Höhlen gesehen haben. Schau, meinst du, wir sollten sie mit nehmen? Oder sollen wir sie hier vernichten? Was meinst du?

Ich möchte sie nicht veröffentlichen. Menschen würden hierher strömen. Sie würden alles sehen wollen. Dabei würden sie die Ruhe, diese magische Ruhe, diese magische Stimmung, die uns hier verzaubert hat, spüren wollen und alles zerstören. Was meinst Du?" Traurig sieht er Juan in die Augen. Sehr vertraut ist ihm sein Freund, fast so, als hätte er ihn schon irgendwann einmal irgendwo getroffen und kann sich nicht mehr erinnern. „Adrian, du hast Recht, die Menschen sollten besser nichts von unseren Entdeckungen erfahren. Sie würden es nicht glauben. Die Zeit ist noch nicht reif dafür. Menschen würden hier alles zertrampeln, sie würden hier alles zerstören. Aber bitte, Adrian, vernichte deine Aufzeichnungen nicht. Bewahre sie auf, an einem sicheren Ort, an dem sie keiner finden kann. In deinen Aufzeichnungen steckt so viel Wissen, dass die Menschen nicht verstehen können, dass selbst wir nicht verstehen können. Nein, bewahre sie für dich auf. Behalte alles für dich, sprich mit Niemandem über all das, was wir gesehen und gefunden haben. Es ist zu früh, die Zeit dafür ist noch nicht gekommen." Mit einem Handschlag besiegeln beide Männer ihr Geheimnis. Gemeinsam sitzen sie noch sehr lange am Feuer, schauen in den klaren Nachthimmel. Fast scheint es ihnen, als hätten sie das alles schon einmal gesehen. Ja, es ist gut so. Morgen werden sie nach Hause gehen, die Zeit für die Rückreise ist gekommen. Für alles andere ist es jedoch noch zu früh, viel zu früh. Das spüren beide ganz tief in sich drin. Gleich nach dem Sonnenaufgang haben beide noch ein kräftiges Frühstück zu sich genommen und dann ihr Lager abgebaut, nun machen sie sich mit festen Schritten auf den Weg. „Schau", Adrian dreht sich noch einmal um, mit einem letzten Blick auf Sonnentanz, die Ruine, die er so verzweifelt gesucht hatte, die sie aber fast beide das Leben gekostet hätte, einen letzten Blick noch, bevor sie sich von ihr verabschieden. „Schau, Adrian. Siehst du es auch? Es ist immer noch irgendwie magisch. Irgendwann werden wir zurück kommen. Da bin ich mir ganz sicher." Er dreht sich ein letztes Mal zu dem magischen Ort, der Ruine des großen Reichs Sonnentanz, dann schreiten beide zielstrebig voran. Sie haben eine lange Reise vor sich. Die Reise wird nicht einfach sein, das mussten sie auf der Hinreise schon erfahren. Aber zusammen, Seite an Seite, reist es sich gut und sicher. Juan dreht sich noch ein letztes Mal um zur Ruine, „Adrian, dreh dich mal schnell um. Schau, träume ich?" Die Ruine scheint, als würde sie von einem hellen Licht erleuchtet. Sie wird eingehüllt in dieses helle Licht, für einen Moment ist sie zum Leben erwacht. Menschen, Tiere, Pflanzen, alles ist erfüllt voller Leben. Es ist keine Ruine mehr, nein, es scheint, als sei dort nie eine Ruine gewesen. Oben, auf einem Aussichtsturm, kann man, wenn man den Blick schärft, einen sehr alten Mann, mit tief zerfurchtem Gesicht, langem grauen Haar und einem grauen Bart erkennen, in einen Umhang ist er eingehüllt, umgeben von vielen anderen alten, weisen Männern, die sitzen und beten. Für einen kleinen glücklichen Moment ist das große Reich Sonnentanz tatsächlich zum Leben erwacht, das Leben ist zurück in die Ruine gekehrt, nachdem die zwei Männer sie verlassen hatten. Juan erinnert sich an die Worte des Abijah, der ihn gebeten hatte, alles zu vergessen, was er gesehen hatte. Jetzt weiß er auch warum, die Ruine lebt und jeder Eindringling, jeder neugierige Mensch, jeder Forscher, jeder Entdecker, sie alle würden dieses Leben nur stören. Diese magische Ruhe wäre gestört und das große Reich Sonnentanz wäre wieder von der Erde verschwunden. „Was ist, Juan? Was gibt es zu sehen? Ich sehe nichts. Träumst du etwa noch oder spielt dir deine Phantasie einen Streich?" Nur Juan kann seine Vorfahren sehen, er ist einer von ihnen. Ein letztes Mal winkt Abijah ihm zu, dann geht es voran, voran in Richtung Zuhause. Juan ist erleichtert, bald wird er wieder bei seiner Familie sein. Er wird seine geliebte Frau wieder sehen. Ja, es wird alles gut werden. Er ist still und zufrieden. Adrian ist auch sehr zuversichtlich, wenn sie die Rückreise geschafft haben, wird er ein paar Tage bei Juans Familie bleiben, das haben sie so besprochen. Er soll sie alle kennen lernen, seine ganze Familie, seine Frau, seine Eltern, einfach alle. „Das ist bei uns so", hatte er gesagt. „Unser Volk ist sehr gastfreundlich, du bleibst einige Tage bei uns und wir werden eine schöne Zeit miteinander verbringen, bevor du in das weit entfernte Deutschland zurückgehen wirst." Viele Tage, viele Wochen, ziehen ins Land, während die beiden Männer, die sich immer vertrauter werden, auf ihrer Reise sind. Es ist eine sehr mühevolle Reise, das Wetter hat sich verändert, bald wird der Winter kommen. In den Bergen hält er schon zaghaft seinen Einzug. Manchmal sieht Adrian seinen Freund Juan nachdenklich an. Während der Reise sind das Haar und der Bart des Freundes gewachsen. Ein wenig wild sieht er aus, oft fragt sich Adrian, wo er ihn schon einmal gesehen hat. Er erinnert ihn an jemanden, er kann aber nicht sagen, an wen. Auch Adrian hat sich auf der langen Reise verändert, mager ist er durch die Anstrengungen geworden. Sein Haar ist gewachsen, durch die Sonne aufgehellt. Oft sieht Juan ihn an und scheint ins Grübeln zu kommen. Auch er überlegt, wo er diesen Mann, diesen Mann, von dem etwas ausgeht, dass er nicht beschreiben kann, wo mag er ihn schon mal getroffen haben? Er kann es nicht sagen. Jeden Abend bereitet Juan aus den Zutaten, die er in der kargen Natur der Berge findet, ein Mahl zu, das seines gleichen sucht.

„Juan, du kochst so gut. Wo hast du das gelernt?" will Adrian eines Abends wissen. „Mein lieber deutscher Freund, wir haben auch unsere Geheimnisse. Sie werden nur in unseren Familien weiter gegeben." Mehr gibt er nicht zur Antwort. Beide Männer lachen zufrieden, sie sitzen noch eine Weile am Feuer, bis sie sich zum Schlaf legen. Bevor sie die Augen schließen, schauen sie beide noch kurz in den Sternenhimmel, der ihnen mittlerweile so vertraut erscheint. Es ist eine mühselige Reise, aber auch eine sehr schöne Zeit, die sie miteinander verbringen. Bis es endlich, nach vielen, vielen Tagesreisen, von denen sie nicht mehr sagen können, wie lange sie schon unterwegs gewesen sind, so weit ist. Zurück sind sie, zurück, am Ausgangspunkt ihrer Reise ein, sie sitzen mager, erschöpft aber glücklich, in Juans Café. In dem Café, in dem alles begann. Hier hatten sich zwei Fremde getroffen, zwei Fremde, die zu vertrauten Freunden geworden waren. Zwei Männer, die ein sagenhaftes Erlebnis für immer miteinander verbindet. „Adrian, meine Frau lädt dich heute Abend zum Essen ein. Sie will dich endlich kennen lernen." „Mein Freund, ich danke Dir. Aber bevor wir zu dir nach Hause gehen, muss ich noch meine Mähne los werden. Ich muss baden, die Haare schneiden, mir neue Kleidung kaufen und so vieles mehr. Sag, Juan, was bringe ich als Gastgeschenk für deine Frau?" „Haha", Juan hält sich vor Lachen den Bauch. „Adrian, alter Freund. Du hast recht, wir sehen beide aus wie Wilde, so können wir auf keinen Fall zu Tisch gehen. Meine Frau Anaja hat mich schon gesehen, der Schreck stand ihr ins Gesicht geschrieben. Geschimpft hat sie mit mir, geschimpft, als sei ich ein kleiner Junge. Haha, aber das hat nicht lange gedauert. Sie hat es nicht so gemeint, dankbar und glücklich ist sie. Dankbar für unsere glückliche Rückkehr. Aber Du hast wirklich recht, weg mit dem Bart, weg mit den langen Haaren. Ein Bad muss her, neue Anzüge. So können wir auf keinen Fall vor meiner Familie erscheinen!" Beide Männer lachen, nein, so, wie sie jetzt aussehen, wie Wilde, so können sie auf keinen Fall zu einer Einladung erscheinen. Also machen sie sich auf zum nächsten Barbier, blonde lange Haare, dunkle lange Haare und ein dunkler langer Bart fallen den geschickten Händen eines fleißigen Barbiers zum Opfer. Endlich sehen sie, nach der harten Arbeit, wieder aus wie zivilisierte Menschen. Adrian hat während der Reise seinen Bart jeden Tag mit seinem Rasiermesser gestutzt, sein Gesicht zierten daher nur unregelmäßige Stoppeln, trotzdem sieht er, nach einer richtigen Rasur deutlich besser aus. Ja, sie sind wieder zu Menschen geworden. Schnell noch einige neue Kleidungsstücke kaufen, ein Bad nehmen und dann können sie sich wieder sehen lassen. Anaja erwartet die beiden Männer am Abend, ihr Sohn, der kleine Santiago, den sie aber immer nur kurz und liebevoll Sanyo rufen, liegt schon schlafend in seinem Bettchen. „Juan, mein geliebter Juanito, Sanyo ist so gewachsen. Jeden Tag, immer wieder, hat er nach dir gefragt. Jeden Tag, die gleiche Frage, wann kommt mein Papa? Wann kommt Papa zurück? Ich bin so froh und glücklich, dass du wieder zurück bist." Hübsch ist sie, Anaja, wirklich hübsch. Ihr Gesicht wird von langen, tiefbraunen, gelocktem Haar, das sie offen trägt, umrankt. Ja, wirklich hübsch. Das lange Haar reicht ihr weit bis über die Schultern. Tiefbraune Augen hat sie. Wenn sie mit Adrian spricht und ihm dabei in die Augen schaut, fühlt er sich für einen Moment der Welt entrückt. „Wie schön muss die Liebe sein", denkt er dann manchmal. Anaja trägt nur ein Schmuckstück, sie trägt nicht, wie die anderen Frauen ihres Dorfes, viele goldene Armreifen, nein, sie trägt nur einen. Einen goldenen Armreif, in dem das Stück eines Achats eingearbeitet ist. Geerbt hat sie ihn, geerbt von ihrer Mutter, sagt sie. Eine stolze Frau ist sie. Stolz, aber auch sehr liebevoll. Einige Wochen bleibt Adrian von

Liechtenstein zu Gast bei der Familie. Die Eltern, den kleinen Sanyo, die Geschwister, alle Verwandten hat er kennengelernt. Es ist ein eigenartiges Glück, das er hier empfindet. Er weiß aber auch, dass es nicht sein Glück ist, es ist das Glück seines Freundes Juan. So muss er bald in seine Heimat, das weit entfernte Deutschland zurückkehren. Niemand erwartet ihn dort. Er ist nicht mit so einer liebevollen Familie gesegnet, wie sein Freund Juan. Aber er wird zurück gehen müssen. Einige Zeit lang hat er Juan im Café zur Seite gestanden, Juan hat die Speisekarte seines Cafés erweitert. Sie hatten während ihrer Reise so viele leckere Speisen gegessen, so dass sie irgendwann auf die Idee gekommen waren, diese auch im Café anzubieten. Täglich kamen nun viel mehr Gäste in das kleine Café, so dass Juan schnell etwas Geld zur Seite legen konnte. „Juan, ich denke, meine Zeit ist gekommen. Ich muss langsam an die Rückreise denken, in Deutschland wartet niemand auf mich, aber es ist an der Zeit. Ich will dein Familienglück auch nicht unbedingt länger durch meine Anwesenheit stören. Aber, mein guter Freund, erinnerst du dich daran, dass ich dir vor unserer Abreise versprochen hatte, dich reich zu entlohnen? Sag, was wünschst du dir? Ich zahle dir jeden Preis. Ich will nicht gehen, ohne meine Schulden bei dir zu begleichen." „Oh, Adrian. Ist es wirklich so weit? Du wirst mir fehlen. Wir haben eine schöne Zeit miteinander geteilt. Aber, Adrian, ich wünsche mir nur eines von dir. Ich möchte kein Geld, nein, das ist es nicht. Bitte, Adrian. Vergiss nicht das Versprechen, das wir uns gegeben haben. Verberge Zeit deines Lebens deine Aufzeichnungen. Bitte, keiner soll etwas von Sonnentanz erfahren. Wir beide werden unser Geheimnis mit ins Grab nehmen. Der Zufall hat uns zusammen geführt, sag, glaubst du, dass es ein Zufall war? Glaubst du an Zufälle? Oder war es unsere Bestimmung, unser Schicksal, dass wir uns trafen? Was auch immer es war, unser Geheimnis soll für alle Zeiten bei uns bleiben. Niemand, kein Mensch, darf jemals etwas von der Ruine, von Sonnentanz, von deinen Aufzeichnungen erfahren. Bitte, versprich mir das. Du weißt, die Menschen würden alles zerstören. Nein, es soll alles so bleiben, wie wir es zurück gelassen haben. Versprichst du mir das? Denke immer an meine Worte. Wir zwei, wir sind auf ewig durch unser Erlebnis miteinander verbunden. Wir nehmen unser Geheimnis mit in unser Grab, das, nur das, musst du mir versprechen, Adrian. Nichts anderes wünsche ich mir. Nur das. Ich möchte kein Geld, ich möchte kein Vermögen, keinen Reichtum. Nur dass unser Geheimnis für immer verborgen bleibt. Das ist der größte Reichtum. " Mit Tränen in den Augen, dem Schmerz des Abschieds hat er zu seinem Freund gesprochen. „Juan, ich weiß. Niemand wird etwas von mir erfahren. Ich werde meine Aufzeichnungen hüten wie einen großen Schatz. Keiner, nicht eine Menschenseele wird etwas von mir erfahren. Ich habe beschlossen, all meine Aufzeichnungen bei meinem Verwalter zu hinterlegen. Dort sind sie sicher, keiner wird sie entdecken. Vielleicht finde ich einmal, so wie du, die Liebe und bekomme auch Kinder. Wenn die Zeit dann reif ist, werde ich meinen Kindern das Erbe hinterlassen, irgendwann werden die Menschen bereit sein zu verstehen, was wir erlebt haben. Aber, mein treuer Freund, das Versprechen haben wir uns in Sonnentanz gegeben und mit einem Handschlag besiegelt. Niemals, so lange, wie ich lebe, wird jemand die Aufzeichnungen sehen. Ich gebe dir mein Ehrenwort. Sonnentanz muss so bleiben, wie es war. So magisch, so im Einklang, wie wir es zurück gelassen haben. Menschen, Entdecker, sie würden alles zerstören." Am Abend hatten sie noch lange bei einander gesessen, ihnen war immer klar gewesen, dass die Stunde des Abschieds kommen würde. Ein letztes Mal bewunderte Adrian den goldenen Armreif der Anaja, in den der seltsam geformte Achat eingearbeitet war. Es schien, als fehle dem Achat ein Gegenstück. Juan begleitet seinen treuen Freund zum Schiff, dem Schiff, das ihn nach langer, sehr langer Zeit, wieder in seine Heimat bringen würde. Eine lange Reise übers Meer stand ihm bevor, eine Reise, die ihn zurück in seine Heimat Deutschland bringen würde. Mit schweren Herzen verabschieden sich die Männer, sie wissen beide, sie werden sich nicht wieder sehen. Niemals, eine große Entfernung, ein Meer, trennt die beiden Freunde voneinander. Etwas aber wird sie für immer verbinden, die gemeinsamen Erlebnisse in der magischen Ruine Sonnentanz, eine fest verschlossene Tasche mit den versiegelten Aufzeichnungen Adrians, gemeinsam hatten sie die Aufzeichnungen versiegelt. Für eine ferne Zukunft, von der sie hofften, dass die Menschen bereit und verständig sein würden, dass sie verstehen würden, was sie einst vor langer Zeit entdeckt hatten. Sie hofften, dass die Menschen, die eines Tages diese Aufzeichnungen lesen würden, verstünden, dass Sonnentanz etwas Magisches ist.

Das Schiff legt ab, an Bord ein etwas verträumter deutscher Forscher und Entdecker mit einer fest verschlossenen Tasche, die er wie einen Schatz hütet. Schnell sind die Passagiere davon überzeugt, dass er einer dieser Träumer ist, dieser Adrian von Liechtenstein. Er unterhält sich nicht mit den anderen Passagieren, eigenbrötlerisch ist er, nimmt seine Mahlzeiten stets allein an einem Tisch ein, Fleisch und Fisch lehnt er ganz ab. Wenn er an Deck geht hat er ständig ein Buch dabei. Er liest viel. Manchmal jedoch schreibt er auch etwas in ein altes Notizbuch. Ein Gespräch oder die Nähe der anderen sucht er nie. Manchmal aber liegt er verträumt auf einer der vielen Sonnenbetten, schaut einfach in die Sonne. Dann erkennen sie ein Lächeln auf seinem sonst so ernsten Gesicht. Nun ja, was soll's, denken sie sich. Er ist eben

einer dieser vielen Forscher, die einer Idee folgen und
hoffen, ein großes Wunder zu entdecken. Vielleicht ist er
aber auch unglücklich verliebt, wer weiß das schon.
Hinter vorgehaltener Hand tuscheln sie oft über den ihn,
den deutschen Träumer, wie sie ihn heimlich nennen.
Natürlich bemerkt er die Tuscheleien, sie stören ihn
nicht, er ist es gewöhnt, anders zu sein. Er bleibt sich
treu.

Im Jahre 2019, irgendwo auf einem Kreuzfahrtschiff

Auf dem Gang eines Kreuzfahrtschiffes liegt er, noch immer bewusstlos. Adrian von Liechtenstein, getrunken hatte er. Der starke Seegang, der durch einen plötzlich herauf gezogenen Sturm verursacht wurde, hatte das große Schiff, das so viele Passagiere in seinem Bauch beherbergen konnte, ins Schwanken gebracht. Der Kapitän, die Mannschaft hatten große Not gehabt, dass Schiff auf seinem Kurs zu halten. Die Mannschaft war arg damit beschäftigt gewesen, die Passagiere bei Laune zu halten. Die Nervenschwachen, die Seekranken, hatten sie mit Medikamenten aus der Bord-Praxis versorgen müssen. Unheimlich war es während der letzten Nacht gewesen. Man konnte fast meinen, die Welt gehe unter. So hatte es sich angefühlt, viele Passagiere weilten noch in ihren Kojen, zu anstrengend war die letzte Nacht gewesen. Erst spät hatte sich der Schlaf eingestellt nach den ganzen Aufregungen. In einer der vielen Bars, die der Unterhaltung der Passagiere dienen, macht ein Barkeeper auch endlich Feierabend. Er hat sein dunkles, braunes Haar, das ihm bis auf die Schultern reicht, zu einem Zopf gebunden. Seinen langen braunen Bart trägt er immer sorgfältig gepflegt. Er weiß, dass er damit interessant auf die weiblichen Passagiere wirkt. Etwas Fremdartiges, etwas Wildes, strahlt er aus. Daher besuchen besonders die weiblichen Passagiere gerne die Bar. Gestern, während seiner Schicht war es anders gewesen. Das war wohl dem starken Seegang geschuldet. Ein recht wortkarger Herr hatte an seinem Tresen gesessen, einen Drink nach dem anderen bestellt und so das Vergessen gesucht. Ach ja, und dann waren da noch die jungen Leute gewesen, diese Gruppe munterer junger Leute. Diese junge Frau, die dazu gehörte, an sie konnte er sich noch gut erinnern. Langes, braunes, gelocktes Haar, das ihr bis weit über die Schultern reichte, ja, und so tiefbraune Augen, wenn ihr Blick ihn zufällig getroffen hatte, fühlte er sich seltsam getroffen. Merkwürdig, vielleicht lag es aber auch an der eigenartigen Stimmung, die gestern über dem Schiff gelegen hatte. „So ein schlechtes Wetter kann einem aber auch wirklich die Laune vermiesen. Eigentlich hätten sich viel mehr Leute in der Bar hier betrinken sollen." Alkohol ist die Medizin des Vergessens, das weiß jeder Barkeeper. Meist fangen die Passagiere an, einem die Geschichte ihres Lebens zu erzählen. Aber dieser Typ gestern, er war anders. Reden wollte er nicht, jedes freundliche Wort hatte er abgeblockt. Nur einen Drink nach dem anderen bestellt. Missmutig hatte er in sein Glas geblickt, selbst als die hübsche, junge Frau ihn angesprochen hatte, war er einsilbig geblieben. Wie konnte der Typ nur dieser zauberhaften jungen Frau widerstehen? Naja, am Ende musste es jeder selbst wissen. Aber, dass er ihm nicht einmal ein Trinkgeld, und wäre es auch ein noch so kleines gewesen, gegeben hatte, das ärgerte ihn. Immer das Gleiche, diese Typen, sie übersehen einen, sie sehen dich nur, solange du ihnen ihren Drink servierst. Danach bist du wieder unsichtbar. Diese junge Frau, Isabella, hieß sie. Na, wie dem auch sei. Zeit, in seine Kabine zu gehen, Zeit, sich zum Schlafen zu legen. Die nächste Schicht wartete in ein paar Stunden auf ihn. So war es nun mal, das Leben eines Barkeepers, man hörte sich die traurigen Geschichten fremder Menschen an, nahm das Trinkgeld von ihnen, ging schlafen und in der nächsten Nacht wieder das gleiche Spiel. „Eigentlich ein trauriges Leben, aber immer noch besser, als keinen Job zu haben", gerade hatte er diese trüben Gedanken zu Ende gedacht, als er auf den Gang tritt. „Oh, mein Gott!" Er ist auf diesen Passagier, der an seinem Tresen gesessen hatte, gestoßen. Ohnmächtig liegt er da, er blutet aus einer Wunde am Kopf. Sofort schlägt er Alarm. Der Arzt des Schiffes erscheint, „sofort auf die Krankenstation mit ihm!" Schwer verletzt ist er, der Mann, der Passagier, der da ohnmächtig auf der Trage davon getragen wird. Es ist Adrian von Liechtenstein. Er merkt nichts, er merkt nicht, dass er auf einer Trage in die Krankenstation gebracht. Wie lange mag er schon da gelegen haben? Der Schiffsarzt untersucht ihn genau, es ist eine große Platzwunde am Hinterkopf. Alkoholisiert ist er noch immer, dass erkennt er sofort an Atem des Patienten. „Immer wieder dieser Alkohol! Die Passagiere geraten außer Kontrolle und wissen nicht, was sie tun." So schimpft er vor sich hin, während er die Platzwunde des Patienten vernäht. Erst dann durchsucht er den Mann, er muss heraus finden, wie sein Patient heißt. Welche Kabine er bezogen hat? Wen er benachrichtigen muss? Wer mag der Mann hier sein? Gut sieht er aus, blondes Haar, sehr markante Gesichtszüge. Schlank, fast asketisch ist er. Endlich findet er in der Tasche des Jacketts eine Zimmerkarte, einen ausgerissenen Zeitungsartikel und noch einiges an Bargeld. Sofort lässt er prüfen, wer sein Patient ist. „Aha, Adrian von Liechtenstein. Interessanter Name", brummelt er ins Telefon. „Wen müssen wir benachrichtigen? Es sieht nicht so gut aus, er ist noch nicht wieder bei Bewusstsein. Eine vertraute Stimme könnte helfen, ihn zurück zu holen. Zurück ins Leben bringen. Was??? Er ist allein, keine Angehörigen hier an Bord? Finden sie etwas heraus!" Verärgert brüllt er ins Telefon. Es steht wirklich nicht gut um Adrian, viel Blut hat er auf dem Gang aus seiner Kopfwunde verloren, unterkühlt ist er, immer noch bewusstlos. Er reagiert nicht auf die Ansprache des Arztes, keine Reaktion auf die vielen verschiedenen Tests, die durchgeführt werden. Fast so, als würde er gar nicht ins Leben zurück kehren wollen. „Haben sie etwas heraus gefunden? Mit wem hat er an Bord gesprochen, gibt es vielleicht eine Liebelei, eine Freundin? Es muss jemanden geben, bringen sie mir den Barkeeper, der die letzte Schicht hatte. Vielleicht weiß er etwas. Vielleicht hat er ihm etwas erzählt, Alkohol macht gesprächig, wir müssen es versuchen." Missmutig ist er, der Barkeeper. Man hat ihn geweckt, kurz nachdem er endlich eingeschlafen war. Das hatte ihm gerade noch gefehlt. Und ... was sollte er überhaupt auf der Krankenstation? Warum hatte man ihn ausgerechnet auf die Krankenstation bestellt? „Hören sie, schauen sie sich diesen Mann hier an. Er muss gestern bei ihnen in der Bar gewesen sein. Hat er mit ihnen gesprochen? Was hat er erzählt? Es gibt hier an Bord niemanden, der ihn kennt. Wir müssen jemanden finden, auf dessen Stimme er womöglich reagiert. Es steht nicht gut um ihn, ich kann nicht sagen, ob er es schaffen wird. Bitte, überlegen sie, was hat er erzählt?" Ausgerechnet dieser Typ! Der hatte ihm noch gefehlt. „Nein, er hat nicht mit mir gesprochen. Getrunken hat er, viel getrunken. Einen Drink nach dem anderen hat er in sich hinein gekippt. Aber erzählt hat er nichts, nein, nur trübsinnig in seinen Drink gestarrt. Einen Zeitungsausschnitt hat er eingesteckt, bevor er ging. Aber erzählt hat er nichts, nicht einmal ein Trinkgeld hat er mir gegeben." „Denken sie nach, bitte, wir müssen jemanden finden, dessen Stimme ihm vielleicht irgendwie vertraut erscheint. Diese Stimme kann ihn womöglich ins Leben zurück bringen. Es steht wirklich schlecht um ihn. Bitte." „Da waren diese jungen Leute, eine Gruppe junger Leute. Irgendwie schienen sie ihn zu nerven. Dann war dieses junge Mädchen, sie ist zu ihm gegangen, hat mit ihm gesprochen. Ja, sie hat einen Blick auf den Zeitungsartikel, den er dann eingesteckt hat, geworfen. Beide haben sich noch kurz mit unterhalten, bis ihre Freunde nach ihr riefen." „Überlegen sie, bitte, wie war der Name der jungen Frau?" „Isabella, ja, Isabella, haben sie gerufen. Sie ist wirklich eine hübsche Frau, das fiel mir auf, als sie bei mir für die Gruppe Drinks bestellte. Ja, ich weiß genau, wie sie aussieht, diese Isabella. Sie hat tiefbraune

Augen, sehr langes, dunkelbraunes, gelocktes Haar, das ihr weit bis über die Schultern reicht. Ja, eine Hübsche ist sie, diese Isabella." „Gut, danke, das ist ja schon mal etwas. Ich habe tatsächlich einen Ausschnitt, der aus einer Zeitung gerissen ist, in seinem Jackett gefunden. Überlegen sie, haben die jungen Leute mit einer Zimmerkarte bei ihnen bezahlt? Dann könnten wie sie schnell ausfindig machen." „Nein, sie haben bar gezahlt, das kann ich genau sagen, sie ließen mir ein großzügiges Trinkgeld, während dieser Mann einfach gegangen ist, er hat mit seiner Zimmerkarte gezahlt, bevor er wortlos gegangen ist. Er hatte wirklich zu viele Drinks gehabt. Oh, mein Gott, ich hätte etwas bemerken müssen." „Machen Sie sich keine Vorwürfe, es ist nicht ihre Aufgabe, jeden Passagier, jeden Trinker zu überwachen. Sie können sich jetzt wieder zur Ruhe legen. Ich werde versuchen, diese Frau, diese Isabella, zu finden. Hoffentlich kann sie uns helfen, es sieht wirklich nicht gut aus." Adrian von Liechtenstein unterdessen, liegt in einem tiefen Schlaf. Er fühlt nichts. Um ihn herum ist es dunkel. Langsam hebt sich seine Seele aus seinem Körper, er sieht sich auf einem Bett liegen, sein Körper ist an viele Apparate angeschlossen. Kabel und Schläuche sind mit seinem Körper verbunden. Er sieht einen Arzt, der seinen Körper untersucht. Seinen goldenen Armreif mit dem eingearbeiteten Achat hat man ihm abgenommen. Von seiner lieben Mutter hat er ihn geerbt, auf dem Nachttisch in einer Schale sieht er das Schmuckstück, das er immer trägt, liegen. Dann sieht seine Seele einen Mann, der mit dem Arzt spricht. Sie sprechen darüber, dass es schlecht um ihn steht. Der Mann kommt ihm seltsam bekannt vor, er kennt ihn aus vielen früheren Leben. Es ist Yehudi, der ihm das Wertvollste, das er besessen hatte, genommen hat. Es ist Yehudi, der Schuld daran trägt, dass das wunderbare Reich Atlantis untergehen musste. Es ist Juan, sein treuer Freund, der ihm in der Ruine Sonnentanz das Leben gerettet hat. Mit dem ihm ein großes Geheimnis verbindet, das Geheimnis um die Ruine Sonnentanz. Es ist der Barkeeper der letzten Nacht, der Barkeeper, dessen Namen er nicht kennt, dem er aber unbedingt noch sein Trinkgeld bringen wollte. Niemals ist er einem Menschen etwas schuldig geblieben. Aber warum schwebt er jetzt hier, sieht seinen Körper dort liegen, was mag passiert sein? Sie sprechen über ihn, das begreift er. Er will zurück in seinen Körper, aber es gelingt ihm nicht. „Oh, mein Gott, seine Werte werden schlechter. Hoffentlich verlieren wir ihn nicht." Der Arzt telefoniert noch einmal, man soll diese Frau ausfindig machen. Sie muss etwas wissen, sie muss mit ihm sprechen, dann mag es vielleicht ein Fünkchen Hoffnung geben. Isabella hat geschlafen, lange hat sie geschlafen. Nichts von dem, was an Bord geschehen ist, hat sie mit bekommen. Es wäre auch fast unmöglich, bei Tausenden von Passagieren auf so einem großen Kreuzfahrtschiff. Ihre Freunde haben auch sehr lange geschlafen, lange haben sie gefeiert, trotz der unheimlichen Stimmung, die das Wetter verursacht hat. Sie sind jung, sie wollen etwas erleben. Aber da fällt es ihr ein, da war doch dieser merkwürdige Mann in der Bar gewesen, mit dem sie gesprochen hatte. Einen Zeitungsartikel hatte er vor sich liegen gehabt. Einen Artikel über die Ruine Sonnentanz, sie hatte ihn danach gefragt. Er aber hatte nicht viel gesprochen, sehr wortkarg war er gewesen. Aber genau das hatte sie gereizt. Sie wollte ihn noch einmal treffen, wo mochte sie ihn wohl finden? Ihr Interesse hatte er geweckt, gerne hätte sie noch länger, mehr mit ihm gesprochen, aber da hatten ihre Freunde nach ihr gerufen. Sie wollten weiter ziehen, in die nächste Bar, sie wollten etwas erleben. Da klingelt das Telefon in ihrer Kabine. „Nanu", denkt sie. „Wer ruft mich denn hier an?" Das Telefon ist nicht für jeden wählbar, nur das Bordpersonal kann sie anrufen und nach ihren

Wünschen fragen. Sie kann auch mit der Reiseleitung telefonieren, ihre Landausflüge buchen oder sich für eine Bord-Veranstaltung anmelden. Genutzt hatte sie dieses Telefon noch nie. Sie nimmt den Hörer ab und lauscht gespannt. Der Arzt spricht ernst mit ihr, fragt, ob sie sich an den Mann in der Bar erinnert. Ob sie ihn kennt. „Ja, natürlich erinnere ich mich an ihn. Aber entschuldigen Sie, was ist mit ihm? Ich kenne ihn nicht, gestern in der Bar haben wir nur kurz miteinander gesprochen. Was ist mit ihm, warum rufen sie mich an?" Am anderen Ende der Leitung erklärt der Schiffsarzt ihr die Situation. „Oh, das ist ja schrecklich! Und sie meinen, ich kann helfen? Ich weiß nicht. Warten sie bitte einen Moment, ich werde gleich kommen." Isabella hat den Hörer wieder eingehängt. „Eine merkwürdige Geschichte", denkt sie während sie sich nach der langen Nacht frisch macht. „Schauen sie, kennen sie diesen Mann?" Der Schiffsarzt sieht sie ernst an. „Ja, nein, wir haben gestern kurz miteinander gesprochen. Es ist eher eine flüchtige Begegnung gewesen. Er mochte nicht reden, erst als das Gespräch auf eine Ruine, die Ruine Sonnentanz, kam, wurde er gesprächiger. Er schien mir auch sehr betrunken zu sein. Ich erinnere mich, dass er noch am Tresen sitzen blieb, während meine Freunde und ich weiter zogen." „Bitte, Isabella, bitte, versuchen wir es. Setzen sie sich zu ihm, sprechen sie mit ihm. Er liegt in einer tiefen Bewusstlosigkeit, im Koma. Die Kopfverletzung, er hat, während er im Gang lag, zu viel Blut aus der Wunde verloren. Dazu ist er unterkühlt, ich hoffe, dass sein Unterbewusstsein auf eine vertraute Stimme reagiert. Es ist einen Versuch wert." Adrian unterdessen, sieht seinen Körper noch immer reglos im Bett liegen. Seine Augen sind geschlossen, es sieht aus, als läge er in einem friedlichen Schlaf, wenn da nur nicht die vielen Apparate und Schläuche wären. Was sagt der Arzt da? Es steht schlecht um ihn? Er fühlt sich gut, seine Seele will mit aller Kraft zurück in seinen Körper, sie kann es aber nicht schaffen. Dann sieht er, wie eine junge Frau den Raum betritt. Er kennt sie, diese junge Frau. Ja, er kennt sie. Es ist Isabella, die ihn gestern in der Bar angesprochen hat. Er war schon zu betrunken, hatte keine Lust auf ein oberflächliches Gespräch. Bis sie ihn auf den Zeitungsartikel, den er vor sich liegen hatte, angesprochen hatte. Der Artikel über die Ruine Sonnentanz. Wirklich viel Bedeutung hatte er der Begegnung nicht bei gemessen, irgendwie war er dann froh gewesen, als sie mit ihren Freunden gegangen war. Hübsch ist sie, hübsch, mit ihrem langen, gelockten, dunkelbraunen Haar. Sie trägt es offen, tiefbraune Augen hat sie. Es fühlt sich an, als hätte er diese Augen auch schon wo anders gesehen, hätte tief in sie hinein geblickt. Ja, jetzt weiß er es! Es ist Anaja, die Frau seines Freundes Juan, die Mutter des kleinen Sanyo. Sie ist es. Weiter blickt seine Seele durch die Zeit zurück. Es ist Ashaya, seine geliebte Ashaya. Die Ashaya, die einst vor langer Zeit an seiner Seite über das wunderbare Reich Atlantis geherrscht hatte. Die, die ihn für den Wilden, den Yehudi, verlassen hatte. Die Ashaya, die seinen geliebten Sohn Zunar auf die Welt gebracht hatte. Sie ist es wirklich. Da erkennt seine Seele etwas an ihrem rechten Arm! Isabella trägt einen goldenen Armreif mit einem seltsam geformten Achat, der sorgfältig eingearbeitet ist. Es ist das einzige Schmuckstück, das sie trägt. Sie sitzt an seinem Bett, seine Seele fühlt, wie sie mit ihm spricht. Warm ist ihre Stimme, warm und auf eine besondere Art und Weise magisch. „Herr von Liechtenstein, hören sie mich? Können sie mich hören? Sie kennen mich vielleicht nicht. Vielleicht erinnern sie sich nicht an gestern. Die Nacht, in der sie so schweigsam an der Bar saßen. Wir haben kurz über ihren Zeitungsartikel gesprochen. Den Artikel über die Ruine Sonnentanz. Erinnern sie sich? Erkennen sie meine Stimme?" Geduldig redet sie auf seinen leblosen Körper ein, der Schiffsarzt kontrolliert die Werte und sieht sie kopfschüttelnd an. „Es steht wirklich schlecht, aber bitte, versuchen sie es weiter." Isabella greift nach dem Zeitungsartikel, der bei seinen Sachen auf dem Nachttisch liegt. Sie beginnt, ihm vorzulesen. *Sonnentanz, die bedeutendste Siedlung der alten Maya. Diese Ruinenstätte wurde von Forschern entdeckt. Bisher ist es gelungen eine guterhaltene Stadtmauer, 18 m hoch und 30 m in der Basis, freizulegen. Die Deutung der Zeichen der Bilderhandschrift und der Inschriften auf vorgefundenen Steinmonumenten, trotz zusammengestellten Alphabets, nur in sehr begrenztem Ausmaße gelungen. Lediglich einige Hieroglyphen, die auf den Lauf der Monate hinweisen könnten, wurden bisher entziffert...*.

„Herr von Liechtenstein, Adrian, so heißen sie, sagt mir der Arzt hier. Adrian, was hat es mit diesem Artikel auf sich? Interessieren sie sich für diese alten Ruinen? Alte Steine? Adrian, bitte, kommen sie zurück. Erzählen sie mir, wer sind sie?" „Machen sie weiter", fordert der Arzt sie auf. „Nicht aufhören." „Adrian, okay, dann erzähle ich ihnen zuerst etwas von mir. Mein Name ist Isabella, das sagte ich ihnen ja gestern schon. Ich studiere in Paris Geschichte und Archäologie, mein Vater hat mir diese Reise geschenkt, ein Geschenk als Belohnung für meine guten Abschlüsse, die ich bisher im Studium gemacht habe. Meine Freunde und ich wollten einfach nur etwas Spaß haben, wir wollten feiern, in der Sonne liegen, Bars besuchen, Partys feiern, eben alles, was Studenten so machen. Paris ist mir eine Heimat geworden, ich habe begonnen, diese Stadt zu lieben. Adrian, was lieben sie? Adrian, wen lieben sie? Sind sie verheiratet? Haben sie Kinder? Ich weiß so gar nichts über sie." Lange erzählt sie ihm, der im Koma liegt, ihm, der nicht antworten kann, alles. Sie erzählt von ihrer Kindheit, von ihrem Vater, den sie so sehr liebt. Ihr Vater hat eine Firma, daher hatte er, als sie ein kleines Kind war, nicht so viel Zeit für sie. Jeden Abend jedoch, hatte er, vor dem Schlafen gehen mit ihr Bücher angeschaut, er hatte ihr vorgelesen. Später, als sie etwas größer und verständiger war, hatte er ihr viele Bücher über große, alte Völker und große Kulturen gezeigt. Oft hatte sie mit großen Augen die Pyramiden von Ägypten angestaunt, hatte sich gefragt, wie es möglich gewesen war, diese nur mit Menschenhand zu bauen. Sie hatten Berichte über die alten großen Völker, die Inkas, die Mayas, die Römer, alles hatten sie sich angesehen. Ja, sie hatte die gemeinsame Zeit vor dem Zubettgehen mit ihrem Vater geliebt. Er hatte ein ganz besonderes Buch gehabt, das hatte er manchmal hervor geholt. Ein wunderschönes Buch über das sagenumwobene Reich Atlantis. Als sie ihm davon erzählte, schien es ihr, als läge ein zartes Lächeln auf dem leblosen Gesicht. Später dann, nachdem sie die Schule abgeschlossen hatte, war sie nach Paris gegangen, um dort ihr Studium zu beginnen. Noch einmal liest sie ihm den Zeitungsartikel vor. *

Sonnentanz, die bedeutendste Siedlung der alten Maya. Diese Ruinenstätte wurde von Forschern entdeckt. Bisher ist es gelungen eine guterhaltene Stadtmauer, 18 m hoch und 30 m in der Basis, freizulegen. Die Deutung der Zeichen der Bilderhandschrift und der Inschriften auf vorgefundenen Steinmonumenten, trotz zusammengestellten Alphabets, nur in sehr begrenztem Ausmaße gelungen. Lediglich einige Hieroglyphen, die auf den Lauf der Monate hinweisen könnten, wurden bisher entziffert....

„Adrian, bitte, wo auch immer sie jetzt sind, kommen sie zurück." Stunden sitzt sie bereits an seinem Bett, vergessen sind ihre Freunde, vergessen sind die Partys. Sie will hier sitzen und warten, bis der geheimnisvolle Mann aus dem Koma erwacht. Ja, sie ist fest entschlossen. Kurz ist sie in ihrem Sessel, den ihr eine

Schwester ans Bett gestellt hat, eingenickt. Die Schwester ist in ihre wohlverdiente Pause gegangen, der Arzt schläft nebenan. Für ihn war es ein langer Tag gewesen. So bemerkt keiner, wie sich ein magisches, helles, warmes Licht um Adrians Körper legt. Für einen Moment hüllt es auch Isabella mit ein. Da hat sie einen Traum. Eine Stimme ruft nach ihr. „Ashaya, Anaja, Isabella. Du bist es." Die Stimme spricht weiter in ihren Traum hinein. Adrians Seele, die noch immer im Raum schwebt, beobachtet das Geschehen. Sie hört auch die magische Stimme, die zu Isabella im Traum spricht. „Ashaya, du hast eine schwere Schuld auf dich geladen. Vor sehr langer Zeit. Vor vielen Jahrtausenden." Isabella öffnet verwundert die Augen, wer spricht da zu ihr? Und wer ist Ashaya? „Ich werde geträumt haben." Schon schließen sich ihre schweren Lider wieder. „Ashaya, du bist es. Hör zu, ich bin Abijah, der zu dir spricht." Im selben Moment kann Adrians Seele einen alten Mann mit langen grauem Haar und einem langen grauen Bart, eingehüllt in einen merkwürdigen Umhang, im Zimmer erkennen. „Ashaya", die Gestalt spricht mit Isabella. „Ashaya, höre, du hast vor vielen Jahrtausenden eine schwere Schuld auf dich geladen. Du hast ihn, diesen Mann hier, verlassen. Du bist mit einem Fremden, einem Wilden, in sein Reich gegangen. In das Reich der Tausend Kriege. Du bist mit einem Kriegsherrn gegangen. Herrschen wolltest du, Macht über ein großes Volk wolltest du genießen. Du hast ihn, unseren geliebten Anthanasius, den großen Herrscher über das wunderbare Reich Atlantis, du hast ihn verlassen, verlassen für einen Wilden. Das Volk des Wilden hat großes Unheil über Atlantis gebracht. Das Unheil war so groß, dass Abidan das Dunkle nur noch durch eine große Flut, eine Flut, bei der das ganze Reich versinken musste, vernichten konnte. Unendlich viele Leben mussten dieser Flut zum Opfer fallen. Nur einige der Erleuchteten konnten überleben, sie lebten im Volk der

Maya weiter und waren so in der Lage, ihr edles Geschlecht zu erhalten. Du aber, Ashaya, deine Seele, dein Geist, wurde gestraft. Du hast dich von Abidan, unserem großen Gott des Lichts, abgewandt und dich als Tänzerin für die Priester eines Kriegsgottes verdingt. Du hast den Sohn des Anthanasius dort der Gefahr des Dunklen ausgesetzt. Das Dunkle hatte dich irgendwann völlig ergriffen, so dass du den Verstand verloren hast. Dein Verstand ist vom Dunklen zerstört. Unser großer Abidan hat den Anthanasius noch rechtzeitig in das Reich der Tausend Kriege geführt, um Zunar zu befreien und dich vor der großen Verachtung der Wilden zu schützen. Heute ist die Zeit gekommen, deine Schuld zu sühnen. Sprich mit diesem Mann, hole ihn ins Leben zurück. Zurück in sein Leben als Adrian von Liechtenstein, der Mann, in dem sein großer Geist, seine Seele, jetzt ein Zuhause gefunden haben. Dieses Zuhause hat Abidan für ihn erwählt. Ashaya, du hast viel an ihm wieder gut zu machen. Abidan ließ deine arme Seele lange durch die Jahrtausende hinweg leiden, heute ist der Tag gekommen, der Tag, an dem du sie befreien kannst. Du wirst wissen, was zu tun ist. Sühne deine Schuld, dann wirst du am Ende ein glückliches Leben für dich und deine Seele führen. Aber vergiss nicht, wende dich niemals von deinem Geist ab! Bleibe deinem Geist immer treu." Adrians Seele, die immer noch über seinem Körper und über Isabella und dem merkwürdigen alten Mann, der von sich behauptet, Abijah, ein Priester des großen Gottes Abidans, dem Gott des Lichts, zu sein, schwebt, kann erkennen, wie das magische Licht langsam schwächer wird. Oh, wie gerne möchte er in seinen Körper zurückkehren. Aber er kann nicht, er möchte zurück. Dann sieht die arme Seele, wie Abijah, der edle Priester, die Hände zum Gebet faltet. Er kniet sich nieder und betet zu seinem Gott Abidan. „Abidan, bitte, großer Gott des Lichts, bitte. Es ist an der Zeit, die Zeit für diese jungen Menschen ist gekommen. Sie können ihre Schuld, die sie auf sich geladen haben, vor Tausenden von Jahren, sie können sie wieder gut machen. Abidan, bitte, befreie ihre Seelen von dieser Schuld. Gib ihnen das Licht, das Licht des Lebens, in ihre Herzen, in ihre Seelen. Sie werden es dir danken. Nach so vielen Jahrtausenden des Suchens und des Leidens, bitte Abidan, lass sie nun zusammenfinden. Gib ihnen die Chance, der Welt etwas zu erklären. Er, Anthanasius, er, Adrian von Liechtenstein, er kennt die Antworten. Die Menschen, die auf der Erde leben, sind bereit, jetzt die Antworten zu erfahren. Bitte befreie diese zwei Menschen und erleuchte sie mit deinem großen Wissen. Erleuchte sie mit deinem Segen. Bitte, oh Abidan, du großer Gott des Lichts. Bitte erleuchte sie." Fertig gesprochen rafft der alte Mann seinen Umhang an sich und verschwindet so spurlos, wie er gekommen ist. Das warme magische Licht ist erloschen. Isabella öffnet die Augen. „Oh, mein Gott, ich bin eingeschlafen. Auch das noch." Während sie schlief, hatte sie die ganze Zeit Adrians Hand fest gedrückt. „Adrian, hör mir zu. Ich hatte gerade einen Traum, einen sehr merkwürdigen Traum. Eine Stimme nannte mich Ashaya … sie sprach von einer Schuld, die ich auf mich geladen hatte und jetzt sühnen müsse." Fest drückt sie wieder Adrians Hand, während seine Seele immer noch über seinem Körper schwebt. Er möchte so gerne in seinen Körper, ins Leben zurück kommen. Nichts mehr als das, mehr wünscht er sich nicht. Plötzlich erhellt wieder das magische, warme Licht den Raum. Isabella fühlt sich magisch eingehüllt. Die Seele Adrians wird zurück getragen, zurück in seinen Körper. Jetzt sind sie wieder vereint. Sein Körper, sein Geist und seine Seele. Nun kann alles gut werden. Auch Adrian wird von dem magischen Licht eingehüllt. Ein erstes, schwaches Zeichen kommt von seinem Körper. Seine Hand, die Isabella noch immer fest in der ihren hält, beginnt schwach zu zucken. Er versucht, ihre Hand zu drücken. Er versucht, etwas zu sagen. Er öffnet seine Augen. Der Raum ist immer noch in dieses magische Licht gehüllt. „Isabella..." „Adrian, du bist es. Du bist zurück. Streng dich nicht an. Bleib ruhig. Jetzt wird alles gut werden." Sofort löst Isabella den Alarm aus, der den Arzt herbei ruft. Schnell prüft er die Werte, die von den Apparaten angezeigt werden. „Ein gutes Zeichen, junge Frau. Ein gutes Zeichen." Er nickt ihr zu. „Herr Doktor, sehen sie dieses Licht?" Natürlich kann der Arzt nicht erahnen, wovon sie spricht. Nur Adrian und sie können dieses Licht sehen, nur die beiden, diese zwei jungen Menschen, sind erleuchtet. Erleuchtet von Abidan, dem großen Gott des Lichts. „Isabella, es war alles ein bisschen viel für sie. Ruhen sie sich aus. Es steht jetzt deutlich besser um Herrn von Liechtenstein. Ruhen sie sich ein wenig aus. Ich werde sie rufen lassen, wenn er zu sich kommt." Noch einmal untersucht er Adrian sehr gründlich. „Es ist ein kleines Wunder", denkt er. „Schon seltsam, was eine Stimme doch manchmal ausrichten kann." Ein Wunder ist es, aber ein anderes Wunder, als er, der Arzt, der nur seine Medizin kennt, vermutet. „Herr von Liechtenstein, können sie mich hören? Herr von Liechtenstein, versuchen sie, ihre Augen zu öffnen." Von weit her hört Adrian ihn, bis er endlich seine Augen öffnen kann. Er fühlt sich wie nach einem langen tiefen Schlaf. Ausgeruht und zufrieden. „Herr von Liechtenstein, bitte versuchen sie, ihre Finger zu bewegen." Das gelingt auf Anhieb. „Herr von Liechtenstein, hören sie, wissen sie, wo sie sind? Wissen sie, wie sie heißen?" „Ashaya ...", mehr kommt nicht über Adrians Lippen. Er muss sich noch ein wenig sammeln. „Herr von Liechtenstein, hören sie. Sie sind an Bord eines Kreuzfahrtschiffs. Sie hatten einen Unfall, sie sind auf dem Gang gestürzt, können sie sich erinnern?" Ja, jetzt fällt es Adrian wieder ein. Er hatte doch dem Barkeeper noch das Trinkgeld bringen wollen. Getrunken hatte er, viel getrunken. Er nickt still. „Herr von Liechtenstein, bitte sagen sie mir ihren Namen. Ich muss ihre Funktionen testen, sie haben lange geschlafen, lagen im Koma. Eine Zeit lang hat es sehr schlecht um sie gestanden. Kennen sie die junge Frau?" „Ashaya…". „Ruhen sie sich noch ein wenig aus. Schlafen sie ein bisschen. Ich werde später nochmal nach ihnen sehen." Der Schiffsarzt weiß, dass sein Patient nach dieser langen Zeit im Koma noch etwas Ruhe braucht. Er wird wieder nach der jungen Frau sehen, erschöpft war sie. Zu Recht. Viele Stunden hatte sie am Bett des Mannes gesessen, hatte zu ihm gesprochen, seine Hand gehalten, bis er endlich zurück ins Leben gekommen war. „Ashaya", Isabella ist zu Adrian ans Bett getreten, er drückt zärtlich ihre Hand. Unendlich dankbar ist er ihr. Er weiß, sie hat ihn ins Leben zurück geholt. „Ashaya", liebevoll sieht er in ihre tief-dunkel braunen Augen. „Adrian, mein Name ist Isabella. Aber sag mir bitte, was weißt du von Ashaya? Ich hatte so einen merkwürdigen Traum. Eine Stimme rief nach mir, sie nannte mich Ashaya." „Isabella, Ashaya. Ich bin dir so unendlich dankbar. Du hast mich gerettet. Ja, glaub mir, du hast mich gerettet." Lange sitzen sie gemeinsam am Bett, halten ihre Hände und reden. Sie reden mit einander, sie reden über ihre Leben, die bisher so unterschiedlich verlaufen sind. Sie sprechen über ihre Träume, ihre Wünsche. Adrian weiß jetzt die Antworten, nach denen er gesucht hat. Er hat es erkannt. Wie Schuppen ist es ihm von den Augen gefallen, als er gesehen hatte, dass Isabella einen goldenen Armreif, in den ein merkwürdig geformter Achat eingearbeitet ist, trägt. „Es ist das Gegenstück zu meinem Armreifen, wie schön, dass meine Mutter ihn mir hinterlassen hat. Ja, es ist das Gegenstück." „Ashaya, sag mir, woher hast du diesen Armreifen?" So beginnt er. „Adrian, ich weiß, es ist ein etwas seltsames Schmuckstück. Mein Vater hat ihn mir vor langer Zeit geschenkt. Bevor ich nach Paris ging. Ich erinnere mich noch genau daran, was er mir sagte. „Isabella, mein Kind. Bleib dir immer treu. Bleib deinem Geiste immer treu. Dann wird deine Seele, dein Geist, befreit werden. Du wirst erleuchtet werden und ein glückliches Leben führen." Seit diesem Tag trage ich den Armreifen immer, der Stein sieht jedoch so aus, als würde ihm etwas fehlen. Als hätte man einen großen Stein in zwei Teile getrennt. Findest du nicht auch?" „Isabella, du bist Ashaya. Ich habe es gefühlt, meine Seele ist durch viele Leben gereist, immer warst du an meiner Seite. Du und Yehudi. Mal als treuer Freund, mal als erbitterter Feind." Er zeigt ihr seinen Armreifen, wobei sie feststellen, dass beide Edelsteine zusammen gefasst die Form eines großen Achats haben. „Ich fühle es schon lange, du bist Ashaya. Deine Seele musste schon viele Tausende von Jahren leiden, genau wie meine und die des Yehudi. Jetzt können wir uns befreien. Durch viele Leben sind wir gewandert, bis wir uns endlich gefunden haben. Ashaya, du bist die eine. Die, nach der meine Seele ihr Leben lang gesucht hat. Ashaya, bitte, bleib bei mir. Verlass mich nicht, wenn wir diese Reise hier beenden. Bitte, komm mit mir. Komm mit mir nach Hause." „Adrian", Isabella sieht ihn liebevoll an. „Adrian, als ich mit meinem Studium begonnen habe, hatte ich einen großen Traum. Einen Traum, an den ich ganz fest glaube. Ich träume davon, einmal das sagenumwobene Atlantis zu entdecken. Mein Vater hat mir so viel davon erzählt. Ich weiß, es ist ein verrückter Traum. Ich hatte ihn fast vergessen, als ich auf dieses Schiff ging. Und dann traf ich dich, dich mit dem Zeitungsartikel über die Ruinen von Sonnentanz. Mit einem Schlag war der Traum wieder da. Ich muss ihn mir erfüllen, es tut mir leid, ich kann noch nicht mit dir gehen. Adrian, es tut mir wirklich leid. Aber ich muss es finden, ich muss Atlantis oder zumindest die Spuren, die Überreste dieses sagenumwobenen Reiches finden." Ihre Augen füllen sich mit Tränen. „Isabella, ich bitte dich. Komm mit mir, komm, wir werden deinen Traum gemeinsam träumen. Ja, wir werden ihn gemeinsam erleben. Ich bin sicher, dass wir das wunderbare Reich Atlantis finden. Komm mit mir, du bist für mich bestimmt. Denk an unsere Armreifen, es ist ein Zeichen. Komm mit mir, bitte." Sie verbringen einige glückliche Tage an Bord des Kreuzfahrtschiffs, unzertrennlich sind sie geworden. Jeden Tag begrüßen sie die Sonne, es scheint, als seien sie auf magische Art und Weise miteinander verbunden. Der etwas sonderbare Deutsche mit den markanten Gesichtszügen, der nur wenig redet, Adrian von Liechtenstein und seine junge Freundin, die so unglaublich hübsch ist, Isabella. Das Leben geht manchmal sonderbare Wege.

Gegen Ende des Jahres 2019

„Meine Damen und Herren", der junge Forscher und Entdecker, Adrian von Liechtenstein, präsentiert gemeinsam mit seiner Ehefrau Isabella heute eine große Entdeckung. Reporter und Fernseh-Sender aus aller Welt sind anwesend. „Meine Damen und Herren", beginnt er nochmal, wieder unterbrochen von tosendem Applaus. „Heute bin ich mit meiner wunderbaren Frau Isabella hier, um ihnen eine Sensation zu präsentieren. Es ist uns gelungen, eine große Entdeckung zu machen. Wir haben die Überreste des sagenumwobenen Reiches Atlantis entdeckt. Wieder ertönt Applaus. Die Reporter zücken ihre Mikrofone, die Zeitungsjournalisten ihre Stifte und Blöcke. Blitzlichter von Kameras tun ihr übriges. „Bitte schauen Sie, wie es begann." Ein Zeitungsartikel erscheint auf der Leinwand.

Sonnentanz, die bedeutendste Siedlung der alten Maya. Diese Ruinenstätte wurde von Forschern entdeckt. Bisher ist es gelungen eine guterhaltene Stadtmauer, 18 m hoch und 30 m in der Basis, freizulegen. Die Deutung der Zeichen der Bilderhandschrift und der Inschriften auf vorgefundenen Steinmonumenten, trotz zusammengestellten Alphabets, nur in sehr begrenztem Ausmaße gelungen. Lediglich einige Hieroglyphen, die auf den Lauf der Monate hinweisen könnten, wurden bisher entziffert....*

„Meine Frau und ich hatten einen Traum, einen großen Traum. Wir sind aufgebrochen zu den Ruinen von Sonnentanz, um sie zu erkunden. Wir folgten den Spuren eines großen Volkes. Aus alten Dokumenten, Skizzen und Aufzeichnungen, die meine Mutter mir hinterlassen hatte, fanden wir leicht die Route." Fotos von den Skizzen und den alten Handschriften erscheinen nacheinander auf der großen Leinwand. Es ist eine Sensation. „Hier sehen sie Skizzen von den unzähligen wunderbaren Höhlenmalereien, die wir entdeckten. Sie erzählen eine Geschichte, sie erzählen die Geschichte vom Aufstieg und vom Untergang des wunderbaren Reiches Atlantis. Ja, meine Damen und Herren, dort, wo wir heute die Ruinen von Sonnentanz finden, lag einst, vor sehr langer Zeit das sagenumwobene Atlantis. Schauen Sie, hier auf dem Foto ist das Ende der Geschichte von Atlantis deutlich zu erkennen. Atlantis wurde durch eine riesige Flut, durch ein tragisches Unglück, innerhalb weniger Stunden komplett vernichtet. Wir fanden Überreste eines Palastes, der einst sehr prächtig gewesen sein muss. Mittlerweile ist es auch erwiesen, dass die Flut sehr schnell, sehr überraschend über das Reich gekommen sein muss. Nur einige wenige Atlantiden konnten sich vor ihr in Sicherheit bringen. Diese, die die Katastrophe überlebt hatten, waren besondere Atlantiden, sie waren die Priester eines Gottes, den sie Abidan, den großen Gott des Lichts, genannt haben." Still ist es im Saal geworden, die Reporter und Journalisten hören gespannt zu. Fast kann man eine Stecknadel fallen hören. „Schauen sie, meine Damen und Herren, meine Frau Isabella wird ihnen jetzt etwas über diese Priester berichten." Er übergibt das Wort an seine Frau. „Meine Damen und Herren, ja, wir fanden etwas über Menschen heraus, die die Flut überlebt hatten. Wir vermuten, dass sie in letzter Minute gewarnt wurden, vermutlich von ihrem Gott. Schnell konnten sie mit der Barke des Herrschers, dessen Name Anthanasius war, das Reich noch verlassen und sich in Sicherheit bringen. Später, als die Flut versiegt war, kamen sie zurück. Was sie bei ihrer Rückkehr vorgefunden haben muss schockierend für sie gewesen sein. Das zeigen uns die Malereien, die wir ihnen schon präsentiert haben. Trotz allem, trotz des großen Unglücks, machten sie sich voller Kraft daran, ihr wunderbares Reich wieder aufzubauen. Lange Zeit, viele Generationen waren dazu nötig. Viele

Jahrhunderte dauerte es, bis Sonnentanz entstanden war. Über viele Jahrhunderte lebten die Bewohner des magischen Reichs Sonnentanz als Hochkultur. Tief in ihren Herzen wussten sie, sie waren die Nachfahren der edlen Atlantiden. Ihr Wissen haben sie an ihre Kinder, an ihre Nachfahren weiter gegeben. Schauen sie, es gibt hier Zeichnungen aus einer Höhle, die an den heutigen Schulbetrieb erinnern. Bildung und Kultur waren das höchste Gut dieses edlen Volkes. Sie entwickelten, wie wir alle wissen, den ersten Kalender. Wir können beweisen, dass die heutigen Ruinen von Sonnentanz die Überreste von Atlantis beherbergen. Schauen sie hier, dieses Foto von unzähligen steinernen Statuen. Wenn sie genau hinsehen, erkennen sie, dass jede Statue ein anderes Gesicht, eine andere Gestalt hat. Wir haben heraus gefunden, dass jede einzelne Statue einen der Priester von Atlantis darstellt. Hier z. B. sehen sie die Statue des edlen Priesters Abijah, der ein sehr enger Vertrauter und Berater des großen Herrschers Anthanasius war. Aus den uralten Aufzeichnungen, die wir ihnen hier vorgelegt haben, können sie entnehmen, dass er es war, der das große Unheil, die große Flut, hat kommen sehen. Die Aufzeichnungen sagen, er habe ein Zeichen des Gottes Abidan erhalten. Ein Lichtstrahl mit einer Botschaft habe sein Herz getroffen, kaum dass er die Warnung an die Anwesenden ausgesprochen hatte, habe er die Welt für immer verlassen. Abidan, der große Gott des Lichts, hat den Atlantiden eine Warnung zukommen lassen. Leider wurde das wunderbare Reich Atlantis dann doch durch die große Flut vernichtet. Die Katastrophe konnte nicht verhindert werden. Vielen Dank für ihre Aufmerksamkeit, meine Damen und Herren." Viele Stunden dauert die Pressekonferenz noch an, Fragen werden gestellt, Fotos geschossen, die Begeisterung der Journalisten nimmt kein Ende. Am nächsten Tag wollen sie schließlich alle ausführlich über die große Sensation berichten. Ein Rätsel, das die

Menschen schon seit vielen Jahrhunderten beschäftigt, ist gelöst. Endlich weiß man, wo dieses sagenumwobene Reich Atlantis sich einmal vor sehr langer Zeit befunden hat. Und, was Forscher schon sehr oft vermutet hatten, es ist wahr. Die Bewohner des großen Reichs Sonnentanz, dieses große Volk, diese Hochkultur, waren die Nachfahren der edlen Atlantiden. Auch in dieser Zeit gibt es noch etliche von ihnen, in ihren Herzen, in ihrem Geist tragen sie das Wissen der Atlantiden. Sie geben es an ihre Nachfahren weiter.

Ein sehr alter Mann, mit tief zerfurchtem Gesicht, langen grauen Haar und einem langen Bart steht ruhig auf und verlässt den Saal, in dem die Fragen kein Ende nehmen wollen. Er rafft seinen langen Mantel um sich. Er ist zufrieden. Jetzt kann er sich endlich zur Ruhe begeben, viele Jahrtausende ist er alt. Seine Seele ist so alt wie die Welt, jetzt kann sie endlich ruhen. Abijah richtet ein letztes Gebet zu seinem Gott Abidan, der Raum wird für einen kleinen Moment in ein magisches Licht gehüllt, dann wird es dunkel um ihn. Abidan hat seine Seele zu sich gerufen.

„Ashaya, meine Liebste. Ich liebe dich, ich bin so stolz auf dich. Wir werden unser großes Geheimnis für uns bewahren." „Ja, Anthanasius. Die Leute wissen jetzt genug, sie haben Antworten auf die Fragen bekommen, die sie sich stellen. Wir zwei, wir sind schon seit vielen Jahrtausenden miteinander verbunden. Lass uns heimgehen, heim, nach Atlantis." Ein junges Paar geht, Hand in Hand, beide tragen einen goldenen Armreifen mit einem eingearbeiteten Stück eines edlen Achats. Sie sind glücklich, sie gehen nach Hause, sie wissen, sie sind Atlantiden, sie gehen heim.